川に沿う邑

優嗜曇《うきたむ》風《ふ》土《ど》記《き》

清野春樹

郁朋社

川に沿う邑／目次

『川に沿う邑』主な登場人物

児古売《こごめ》　豆寇邑《つくむら》に住む多感な少女。本編の主人公。

古売《こめ》　児古売の姉。梓邑の久毛方《くもは》と恋仲で、やがて梓邑に嫁いで子を生む。

安那《あんな》　児古売の友達。父親が熊に襲われて亡くなる。

奴奇知《ぬかち》　豆寇邑に住む狩人。力が強く棒杭や槍を振り回す。

物部知波夜《もののべちはや》　梓邑にやっかいになっている外物部一族の若いリーダー。外物部一族は倭《やまと》の大王家に抵抗し、反倭の連合軍を組織しようとしている。後に児古売を恋する。

賀夫良《かぶら》　若い物部知波夜を補佐する。知波夜の影のように寄り添う。剣の技は鋭い。

国足《くにたり》　優嶓曇《うきたむ》の三つの勢力の中では最も力がある梓邑の長《おさ》。反倭の外物部一族を抱えていたが、優嶓曇《うきたむ》を親倭勢力にするか反倭勢力にするか苦慮する。

久毛方《くもは》　梓邑の長、国足の補佐を務める。古売と結婚する。冢《ちょう》（墳墓）築造の手伝いに部下を引き連れて相津に行くなど忙しい。

土麻呂《つちまろ》　梓邑の若者のリーダー。外物部一族と仲がいい。

秦伊奈富《はたいなとみ》　丹色根《にろね》邑の長に請われてやってきた渡来人秦氏一族の長。空久津《あくつ》に住み、児古売らに仙人になる術や機織や書などを教える。

磯部長年《いそべながとし》　倭の内物部の使いとして暗躍する。巫女《みこ》の依刀自《よりとじ》と恋仲になる。

依刀自《よりとじ》　児古売の幼友達。倭風をとりいれた新しい巫女を目指す。磯部長年と恋仲になる。

乃伎《のし》　丹色根邑の若者。奴奇知の友達で一緒に狩りに行くが遭難し、冷え切った身体を安那に暖められ、蘇生する。

夜止代《やとしろ》の巫女　夜止代《やとしろ》に住む土着の巫女集団の長。倭系の祈祷集団である外物部一族を追い払おうとして物部知波夜と争う。

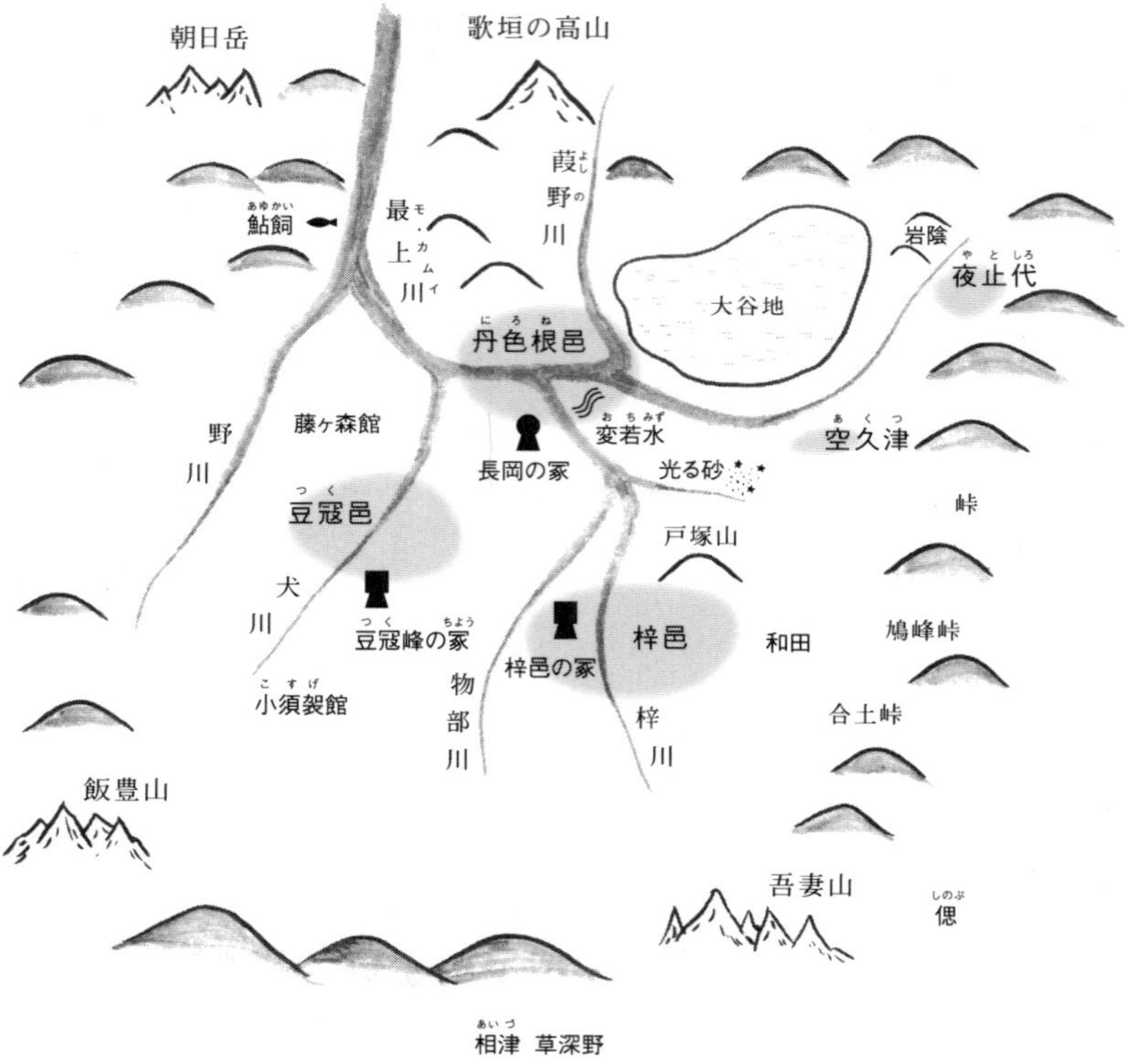

朝日岳
歌垣の高山
葭《よし》野《の》川
最上川
モ・カムイ
鮎飼《あゆかい》
岩陰
夜止代《やとしろ》
大谷地
丹色根邑《にろね》
藤ヶ森館
野川
変若水《おちみず》
空久津《あくつ》
長岡の冢
光る砂
豆冠邑《つく》
峠
戸塚山
犬川
豆冠《つく》峰《ちょう》の冢
梓邑の冢
梓邑
和田
鳩峰峠
小須袈館《こすげ》
物部川
梓川
合土峠
飯豊山
吾妻山
偲《しのぶ》
相津《あいづ》 草深野

優《う》嗜《き》曇《たむ》の地図

第一章

蒼生《あおひとくさ》

（一）

遠くから心地よい音が聞こえてきた。ジージーと蝉の声のように鳴るから昼かと思ったが、先ほど寝入ったのを思い出した。あれはやっぱり「セミ」と言って、切った短い竹筒にひもをつけて振り回しているのだ。それでジージーと鳴る。一体誰だろう。夢うつつなのは寝入り端《ばな》だったからだ。まだ春で蝉が鳴くには早過ぎるのに、寝入り端だったから、錯覚を起こしてしまう。迷惑な話だ。この夜更けに誰が来ているのだろう。男なのは間違いない。ちょっと胸騒ぎがする。

最初は心地よく聞こえていたが、考えているうちにそうではなくなった。

——姉は男の誘いに乗るのだろうか。

寝入っている父や母、弟たちの様子を伺いながら妹の児古売《こごめ》は心配した。

姉にはいい人がいて、時々姉の寝屋《ねや》に通ってきていた。傍から見てもいい具合に進んでいるようだった。姉は器量もよく、年頃の男どもにちやほやされても自惚《うぬぼ》れる処はなかった。家では働き者で、母の足りない処を十分に補っていた。妹の児古売のことも二人の弟のこともかいがいしく面倒を見てくれた。そんな姉を見初めたのは梓《あずさ》の邑《むら》に住む久毛方《くもは》だった。ひと頃、若者がうたいあう群れ遊びの機会に、姉はよく出かけていたから、その頃知り合ったのだろう。久毛方は姉よりは少し年上で、頼りになりそうな男だった。目の力が鋭く生気に溢れていた。おそらく冬の狩りも得意だろう。久毛方の住む梓の里では若者たちの頭をしていると聞いた。久毛方と姉は充分に目と目を繋ぎあった。それから姉は久毛方に自分の名を告げた。姉の名は古売《こめ》という。

妹の名は児古売《ここめ》だから、似ているし、ややこしいが、同じ母から生まれたことを示すのに好都合だった。弟たちは古売のことを「大姉《おおあね》」と呼び、児古売のことを「小姉《こあね》」と呼んだ。他の家族もそう呼んだ。

姉は大人になると、母屋の近くに小屋を建ててもらった。そこへ久毛方が夜に通ってきた。仲睦まじい様子だった。児古売と顔を合わせると、久毛方はいつも笑みを絶やさずに話しかけてきた。姉と間違ってマキリで作った鵡栗《むくり》という楽器をくれようとしたのがおかしかった。わざと間違ったのだ。その時気がついた。児古売の手の平にしばらく載った鵡栗には丹精こめた刻みがあった。その刻みで久毛方は真剣に姉が好きだということが分かった。姉は糸紡ぎに飽きるといつもこの鵈栗を手に取り類の中でビーンビーンと鳴らして楽しんだ。

しばらくして久毛方は遠くに行かねばならなくなった。遥か遠くの国邑《くに》の長が亡くなったためだ。東の峰をいくつか越え、広くて草深い野に出てそこから数日歩き、そこで大きな冢《ちょう》を築く。この犬川沿いの小さな邑からも二十人を超える人が出向いた。冢作りには一年以上かかる。それ以上かかる場合は別の人たちと交替した。久毛方の住む梓の邑からも同じぐらいの人数で応えたそうだ。久毛方は梓邑の若者たちを従えて国邑へ向かった。

姉と久毛方は別れ難い様子だった。いつか朝早く起きた時に姉の寝屋の前を通った。お互いに下紐を結びあった後らしく、湿っぽい雰囲気だった。出会った久毛方の目が濡れていた。だから二度や三度の男の誘いに簡単に乗る筈はない。

そう児古売は思っていた。ジージーと蝉の鳴き声がまた聞こえてくる。器量よしの姉のことだから久毛方に限らずいろんな男が姉を嫁にしたいと思っていると聞いた。もしかしたらそのうちの一人は久毛方よりいい男かもしれない。しかし男と女とはそんなに簡単なものだろうかと思う。お互いに目と目を繋げば別れることはとても辛い筈だ。姉は久毛方に脚絆と手甲を贈った。両方ともきれいな刺繍つきだ。これが姉の気持ちだ。馴れ初めた人は大切にしなければ。

――もし私に恋仲の人ができたらどうしよう。私だったらどんなふうに呼び出してもらおうか。「セミ」は嫌だ。涼やかな土笛はいい。あれで好きなふしをゆっくり吹けばうっとりする。蟲笛《むしぶえ》の音は魔を払うから好きだ。ひょーるるる、ひょーるるるると鳴る。音がするのはそこに精霊が訪ねているからだと聞いたがそれを悪用する人もいるのだろう。鹿笛もいい。大きな蛙の皮が張ってあって繁殖期の牡鹿をおびき出す。好きな人なら騙されるのもいい。

再び蝉の鳴き声が響く。児古売《ここめ》は思わず自分のことのように感じて身体を硬くした。しかし、蝉の鳴き声は二度繰り返すともう止んだ。男はあきらめたらしい。

この優嶆曇《うきたむ》の郷《さと》には、梓川沿いの梓邑と葭《よし》野川沿いの丹色根《にろね》邑、それに児古売らの家族が住む犬川沿いの豆寇《つく》邑とがあり、それぞれ独立しながら緩やかな繋《つな》がりを持っていた。昔からこの地域の人々は争いを好まなかった。争いになるくらいなら協力しあうことへの努力を何よりも重んじた。それでこの人々は素直さと思慮深さを誇りにした。それにこの時代には新しい風が吹いてきていた。周囲は深い山塊に覆われていたので孤立しがちだったが、峠を越えて他所へ出かけていく人たちは少なくなかった。塩を手に入れる必要があったし、農具や武具や他の生活必需品も自給自足というわけにはいかなかった。出かける時は昨冬獲れた熊皮や狐皮を背負い、帰りには塩や干貝などを背負った。邑の長は長同士連絡をとりあい、いつも行き交っていた。邑がいくつか集まって郷をなし、郷同士の連絡が行われる場所を国邑といった。邑の長の使いは頻繁に国邑に出入りした。

児古売は誰よりも早く起きると水を一杯呑み、脚元を厚い布で覆って紐で硬く縛った。手甲をし、籠と掘串《ふぐし》を持った。駆け出すと踏み固められた道の傍らに草が結わえられているのを見つけた。これは姉が久毛方《くもは》の無事を祈って結わえたものに違いない。児古売はそっとその脇を通った。いつか自分もこのように草を結うて良人の帰りを待つようになるのかと考えた。

今日は朝露の様子で、晴れると踏んで山へ出かけたのだ。

深い山に入ればまだ雪が残るが、近くの山では山菜がそろそろ芽を出している。朝露に濡れる下草を掻き分けて奥に入る。小さな水の流れを見つけてその上流を辿ると、木立に覆われてひんやりとした湿地があった。春のまだ浅いこの季節にどんなものが採れるのだろうか。最初に見つけたのは可憐なイチゲの花だ。この花はいかにもおいしそうだ。花の中心を引き抜くとスッと採れる。おいしいがお腹に刺激が強過ぎて下痢をしてしまう。これは虫下し用に少し引き抜いていこう。羊歯《しだ》の若葉が漸く伸びてきていた。その先端はくるくると巻いている。屈むという意味でこごみという。その先端を折り取り籠に放る。太い羊歯からは束になって太いその芽が出ている。全部は摘まないで一、二本残しておく。次々に摘んでは籠に入れる。茹でるとおいしい。胡桃《くるみ》のような香りがあって児古売《ここめ》や父は好きだ。実際に胡桃とあえて食べることも多い。他の山菜と違う処は腹いっぱいになってしまうことだ。食べる処が多く、茹でても小さくならないから食べ甲斐がある。籠は大振りのこごみですぐいっぱいになってしまう。これを干すと真っ黒になってしまうが、湯で戻すと鮮やかな緑によみがえる。

蕗《ふき》の薹《とう》もいくつか採る。イタドリの若芽も口慰《くちなぐさ》み用にもぎ取る。これは焼いたり塩茹でにして食べる。他の食べ物を食べたくなった時、酸っぱくておいしく感じる。籠の中はこごみでふんわりと山盛りだ。児古売は新しく採ったものをどんどん上に重ねていって力を加えた。これからしばらくの間、こごみを食べることができる。冬はたっぷり雪が降って沢水も豊富だ。こんな時は山菜も飽かずに芽を出す。児古売は安心し、感謝した。そして流れを見つけて両手で掬《すく》い、顔を洗った。水しぶきが気持ちよかった。

児古売は一時たらずでこごみを山のように採ってきた。途中でカタカゴが群生しているのも見つけたので、堀串でいくつか採ってきた。溢れそうになる籠を手で押さえながら、児古売は沢から出ると、谷口に広がる自分たちの田を遠くに見つけて急いだ。

田は深い泥だ。いつもぬかるみながら難儀して耕さなければならないので児古売は嫌いだ。この辺は湿地帯が広がり、山の端に連なる丘や自然な微高地に家屋が点在する。田はそんなに広くはない。耕す人手も足りないし、水の害も多いし、何より手間がかかるからそんなに広げないのだ、と児古売の父が言っていた。これからの仕事としては、勢いのいい山の草を鋤きこむ。芽吹いた若木の枝も斧で伐る。これを田中深く潜らせるといい肥やしになる。

してみると若木や山の草は自分たちのように元気がいいのだ、児古売は、生き生きした芽をみんなに分けてやるのだという思いがした。

児古売《こごめ》たちの集落には、血の繋《つな》がりのある人たちが住んでいた。児古売はこごみを叔父や叔母たちに分けると、自分の家に戻ってきた。湧き水を利用した洗い場で早速こごみを洗った。細かくて茶色い葉の屑を取り除き、茹でる準備をした。家には小さな畑があったがこの季節はまだ何も獲れない。日に二度の食事だが、久しぶりの青物に父や母の顔もほころぶだろう。姉はもちろん春の到来を誰よりも喜ぶだろう。良い人が帰って来るかもしれないのだ。カタカゴはさっと煮て乾燥させる。他の煮物に混ぜると饗《あえ》の時に出てくるご馳走のようだ、と児古売の父が言ったことがある。

（二）

冬は兎《うさぎ》の肉をよく食べた。弟の阿弥羽《あやは》も洲弥羽《すみは》も大人の狩の手伝いに加わっていた。藁《わら》で編んだ団扇《うちわ》型のものを兎が飛んだ跡に投げつける。ヒューイーという音がして、これは鷹が獲物を狙って飛ぶ音とそっくりだ。兎は身を縮めてこの難を逃れようとする。雪の窪みにしばし縮こまっている処を弟たちに捕まえられるという訳だ。耳を押さえられた兎はいたって従順だ。

児古売の叔父は鷹匠で若い鷹を飼育している。鷹が雛の頃に鷹の巣に忍びこんで雛をいただいてくる。とても危険だが鷹を飼いならすと獲物に困らなくなる。兎や雉《きじ》などが獲れる。余計に獲れたときはおこぼれがある。兎の肉はぶつ切りにして串にさし、焚き火を囲んで焼いて食べる。こういう時は噛み酒も出る。

鷹の他にも、このはづくを使って狩をする。このはづくは鷹と違って飛ぶ音を立てない。いつの間にか静かに背後から獲物を狙うのだ。「づくびき」というのだそうだ。

熊は春先に獲る。穴を見つけておいて、まだ冬眠から覚めず朦朧《もうろう》としている間に矢で射る。猟には胸板の厚い土着の犬も連れて行く。大層役に立つ。熊に子がいたらいただいてくる。邑には神がかりをする特別な人がいて他所の巫女と競い合っていた。熊の子はそういう巫女のもとで育てられ、一年経ったら神送りされた。熊の肉は殊のほか美味だった。肉は兎であれ、熊や狐や羚《かもしか》であれ余ったものは干し肉にした。旅に出るときに持っていったりして珍重した。米は主食ではなく、つけたし程度に食べた。

次の日の朝も児古売はこごみを見つけに行った。旬になると一家総出で山に入る。一日で採れる山菜の量は半端ではない。数日かけて採りに行く時もある。蕨《わらび》やぜんまいなど干して保存できるものが一番だ。山菜には日なたで採れるもの、日陰で採れるもの、群生しているもの、ぽつんぽつんと出ているもの、水気の多い処に出ているものなど個性がある。同じ処でもちょっと季節がずれるだけで出ているものが違う。昨日のこごみよりは幾分小さいものが群生していた。桜こごみと言って桜の季節に出る小さなこごみだ。量を採るのは大変だが味がいい。採り逃してしまうと一夜にして葉が伸び、こごみでなくなってしまう。家の畑は狭いけれど、児古売《こごめ》にとってはこの近辺の山を自分の畑のように感じながら収穫した。しかも肥料をやる必要がない。もっとも誰かに先を越されても文句は言えないが。

桜こごみはいくら採っても籠いっぱいにはならない。沢が一つ違うと自然条件が異なるので昨日のような訳にはいかなかった。それで奥へ奥へと分け入ったのだ。

ホホホホホ

森の奥で誰かが笑っている。反響して増幅するその声は森の大きさを表している。深い森だ。

ホホホホホ

法吉鳥《ほほきどり》の鳴く声が聞こえる。山に入る人への挨拶のように聞こえる。思わずわれに還る。

ホーホー、キキョ。

ホーホー、キキョ。

山に入ると最初に挨拶するのは山鳩のはずなのに、今日はぼんやりしていて気がつかなかった。法吉鳥は興味を失うと一声鳴いてすぐどこかへ行ってしまう。

棘のある草に触ってかゆみが走った。棘草《いらくさ》だ。これは枯れて棘が気にならなくなる秋に収穫して、繊維を取る。春は甘い汁物の実になる。棘を避けて厚い布の上からそのもろい茎を採る。そろそろ児古売の裳裾《もすそ》は草が擦れて青みがかってきた。児古売は小さい頃から山に入っているので道に迷う心配はない。もう少し行くと沢が折れ曲がって、明るい斜面に出る。そこは焼畑の山で、父が蕎麦《そば》の種を撒く。

焼畑は、小さく場所を区切って毎年違う処を焼き払う。昨年焼き払った処からは蕨が出る。そこで形のいい早蕨をひとやまも収穫する。この蕨の形もおもしろい。童《わらべ》のように頭をもたげようとしている。その近くには薇《ぜんまい》もある。薇の頭についたフサフサはまとめて毬にする。弟たちによく作ってやった。うんと弾むので喜ばれる。

その奥の山に入っていくと、ふと生き物の気配を感じた。がさがさという草擦れの音、これは熊のような大きな獣が立てる音ではない。……カモシカか。

やがてトーントーンという鼓《つつみ》のような規則正しい音も聞こえてきた。児古売《こごめ》は遠くを見つめた。カモシカではなく、颯爽《さつそう》とした身のこなしの一人の女性が遠くで舞っているのが見える。児古売は思わず茂みに身を隠した。

——あれは依刀自《よりとじ》だ。

児古売は舞っている女を見て分かった。依刀自は児古売の幼い頃の遊び友達だった。児古売よりも少し年上の筈だった。すらりと伸びた身体に、それ以上の年の差を感じる。

女は掌より少し大きな両面太鼓を持ち、トントンと叩いたり、やや強く打ってトーントーンと響かせたりしながら舞った。額には霊鳥の形象をつけた冠を帯び、簾《すだれ》を垂らす。腕には玉輪をはめ、腰にはやはり鳥の尾のような巾をつける。白色の生地に色とりどりの刺繍の施しをしたきらびやかな衣装を着けている。

依刀自は物心ついた頃より巫女として訓練されていた。巫女になるには素質がなければならぬが、依刀自は気が高ぶってくると、すぐカミがついた。

鼓を打ちながら、依刀自は草の生い茂る処で舞い続けた。複雑な脚の動きを続け、大地を踏み馴らす。旋回しながら処を変える。あちらこちらと踏み固める。裳裾が翻って時々ちらりと白い脚が覗く。

風が少し吹いてきて依刀自の腰の巾を揺らした。風に呼応するように依刀自も前に身体を投げ出し、激しい動きを見せた。鳥の冠も揺れた。そして旋回を続けた。

児古売はそれを遠くで眺めた。見事なものだ、と思った。風のそよぎや梢の震えとひとつになって舞う依刀自の姿があった。夕べにこの舞を見たなら、きっと精霊か祖霊が訪れているように感じるに違いないと児古売は思った。

やがて疲れたように依刀自は草地に伏した。そして身体を回して仰向けになり、しばし目を閉じた。少ししてから依刀自は鼓を打ちながら起き上がり、同じ動作を繰り返した。旋回しながら踏み馴らす。また白い脚が覗く。

そして舞は終わった。

――これは何だろう。今まで見たことのない舞だった。新室《にいむろ》を寿《ことほ》ぐ時の舞か、葬式の舞か、悪鬼を払う舞か。遠くで盗み見しながら児古売は不思議な気持ちになった。とにかく依刀自が新しい舞を習得しようとしているらしいことは、児古売にも朧げに分かった。

（三）

姉の元に久毛方《くもは》が帰ってきた。久毛方はすっかり日焼けして逞しくなっていた。若者の頭なので一緒に連れて行った若者たちの面倒を見る必要から、数日遅れて挨拶にやってきた。

「相津《あいづ》の草深野の大冢作りは大変だったが、勉強にもなった」

久毛方はすっかり伸びた髭を撫でながら話し始めた。

「それで冢作りにはこの郷あわせて六十ほど行ったのだろう」

と、父が早速肝心なことを聞いた。

「それで一年働いて貴重な新しい大壺をいくつか戴いてきた。下に穴が開いていて儀式の時に使うものだ。狼の牙のような勾玉や管玉も、切れ味のいい刀剣も戴いてきた」

「そうか。ご苦労なことだった。まず呑め」

と父が酒を勧めると、久毛方は遠慮しながらおずおずと器を差し出した。手には焼き魚の串がある。

茅《かや》で編んだ網代《あじろ》の壁を背にして久毛方はよく呑んだ。姉と私はかいがいしく料理を作ったり運んだり、噛み酒を注いだりした。父は竹を敷いた土座に座り久毛方の話を興味深く聞いていた。燻製《くんせい》にした鮭の身、焼いた川魚、塩味の効いた蕨と干し芋の煮物、栃の実の団子、若いミズのたたき、荏胡麻《えごま》の粥などだ。

「それにしても一年身を粉にして働いた割には少ないのではないか。鏡はないのか」

「いや、六十ではそう大きなことは言えない。それよりも冢はどんどん大きくなっている。大きくすればするほど邑や郷が守られる。冢の力が大きければ天地も従う。天変地異も少なくなることだろう。亡くなった王君のご遺骸にも天の力を依り付かせて守ってもらう。そのためには特別な巫女と特別な儀礼がいる。王君の霊を神送りした後、残ったご遺骸に神に依り付いてもらうのだ。それには神や自然が乗り移るような強い力が必要だ。その力が足りなければ、まがまがしい不可思議なものにも手伝ってもらうこともある。そういうものを操れるのは巫女しかいない。そして聖なる壺や刀子《とうす》も必要だ」

児古売《ここめ》と姉も食卓に加わりながら、久毛方の話を聞いた。今日の久毛方の話は吃驚《びっくり》するような話ばかりだった。児古売は「巫女」という言葉を聞いて、咄嗟《とっさ》に草原で不思議な舞を舞っていた依《より》刀《と》自《じ》を思い出した。

「稲を栽培する規模も大きくなった。稲は天の力がつかないと実らない」

「そうそう。人の手もかかる。忙しくなる。これからはますます家の力も必要になる。しかし王君のご遺骸に依り付いたものは一代限りだから。大変なことだ」

久《く》毛《も》方《は》はいつもは静かだが、酒が入ると饒舌《じょうぜつ》になる。

「ところで、相津には人が集まり、実ににぎやかだった。秦人《はたひと》や漢人《あやひと》という渡来の高貴な人々が大勢居た」

「おう、その人たちはこの豆《つ》冠《く》峰《みね》の家を築いたときも来てくれただろうが」

「あのお方たちが物部《もののべ》の公とともに家作りの指導をしてくれた。できればこの郷にももっとたくさんの方がおればよいのに。ここは地は広大で人は少ない。喜んで大地を差し上げるのに。それに、あのお方たちはもっとたくさんの技を見せてくれる。家を築くにしても、土のこね方や堅い土台の築き方など、俺はよく見てきた。あのやり方を使ったら、ひょっとしたら、川の氾濫も抑えることもできる。湿地の水をなくすこともできる」

「はっはっは。それは冗談だろう。この辺に広がる大谷地の水を誰が抜くことができる」

「いや、とにかくこのところの家作りには何か大きな力を感じる」

「それはわれらの盟主の毛野《けぬ》の王のことか」

「……うむ、よくは分からぬがそれ以上の力を持った王が西にいる。倭《やまと》という」

「大地は広いからな。天は蒼く澄んでいる。地の果ての海も青い。両方が交わる処もある。天と地の果ては繋がっているのじゃ。そこに神がいる。ただ、我らにはどちらも容易に行き交えぬ。天には鳥しか行き交えない。海は魚の類しか行き交えない。しかし、海には船で漕ぎ出せ、天には巫女を頼って旅立てる。げんにこの大地に漢人や秦人が現れ、冢の頂には天からの霊が舞い降りておる」


ここまで久毛方の話を聞いて児古売《ここめ》は、まだ見たことのない海原のことを思い浮かべた。

——私もいつかは遠くに旅立ちたい。あの蒼く澄んだ天と同じだという海《うみ》。船というのはどんな形なの。川とはくらべものにならない広い海。無数の魚たち。目が眩《くら》む。それから天に飛び立つ鳥。白鳥は天の使い。巫女も飛び立てる。そういえば依刀自の冠は鳥。腰の巾も鳥の巾。依刀自も飛べるのね。私も飛びたい。遠くへ飛びたい。

「そうじゃ。出来上がった冢を見上げると実にすばらしい。冢は見栄えのいい処を選んで築かれる。遠くから誰の目にも見え、まばゆく映える。あれでは悪霊も退散するだろう」

「そうそう。それにわれわれも祖霊の在り処が分かり、祖霊も下界のわれわれを見守れる」

「目と目を繋ぐのだな」

と、そこまで言って、父はそっと久毛方《くもは》と姉を見やった。

二人とも口元を緩めて笑いあった。

児古売《ここめ》も思わずにやりとして、久しぶりに会った二人を同時に見つめた。

（四）

児古売の家の近くに共同の井戸がある。井戸は大切なものだから、丈夫な木の枠で囲ってある。釣瓶式の桶で水を汲むことができる。

児古売は朝早く起きて井戸に行き、そっと覗き込む。そこに自分の顔が映っているからだ。屋根がついているから暗くてよく分からない時も多いが、光が差す時はよく見える。

——これが自分の顔か。

児古売は特に自分の顔に大きな不具合はない、と思っている。まだ誰からも「美しい」と言われたことはないが、いつかは言われるだろうと思っていた。

いつもは髪のほつれを気にしているだけだ。

しかし、今日は少し違った。姉の恋人が無事帰ってきた。たくさんの話を抱えて帰ってきた。あの分ではもっといろんなことを知っているに違いない。児古売も遠くの世界が気になった。周囲を山塊に覆われたこの優嶍曇《うきたむ》の郷。ここから北に向かう。犬川を下って他の川と合流し、鮭とは逆に流れていく。そうすると歌垣の高山を遥か東に見て過ぎて、広い荒地に出る。そこから先にも行ってみたいし、その他の三つの方角は、深い山々で行き難いがもっと広い野が広がっている。久毛方の話では大きな変化が起こっているという。それはどんな変化なのだろうか。大人の話はよく分からない。

分かる話から考えよう。

——私はどんな人と目と目を繋ぐのだろうか。

そう思って児古売はまた自分の運命をさぐるように井戸の中の水面を見つめた。

私は姉と仲がいいから久毛方のような人が好きになるのかな。そう考えて久毛方の顔を思い浮かべ、その変種を考えてみた。想像のなかで、久毛方の顔は眉毛が薄くなったり皺が寄ったり歯が欠けたりする。児古売《ここめ》は一人笑いをした。

夕方、早い夕食が終わり、洗い物を済まして、児古売は再び何をすることもなく井戸に向かった。

井戸の奥を見つめると、おかしげな久毛方《くもは》や児古売の顔はなかった。

そこには漆黒の闇があった。

井戸には井戸神がいて呼吸している。ずっと見つめ続けると、井戸神に飲み込まれてしまうから止めなさいと母に言われたことがある。

――人は死んだらどこに行くのだろう。

亡くなった国邑の王君の魂は特別な鏡を見続けて、仙界に達することができるそうだ。

そして魂が抜けて空になったご遺骸には、依り代として神がつく。

だったら鏡を持たない人々はどうなるのだろう。鏡の代わりに井戸を見つめ続けると仙界に達することができるのだろうか。児古売は思わず井戸の奥に吸い込まれそうになった。

それにしても井戸の冥さは測りようがなかった。児古売は山菜を採りに走り回るあの山の緑、裳裾《もすそ》を濡らす朝露の透明な雫も消えてしまう冥府を思った。

児古売は急に淋しくなった。そして悪寒もしてきた。

——悪い霊でも取付いたみたいだ。

児古売は振り払うように井戸から離れた。そして歩きながら考えた。

久毛方の話によると、ずっと西の方では父の子同士を葬る習慣があるそうだ。こちらでは考えられないことだった。男と女だ。兄弟姉妹の中から二人ずつ選んで葬る。なぜなのだろう。そうなると母とは一緒になれないのか、とまた淋しくなった。

こちらでは人が亡くなると土に埋めるだけだ。

はるか西の方では兄弟二人だけで葬られるという。

それはどんなことだろう。

何か二人だけが葬られるのは高貴な人のような気がした。

——高貴な人は淋しいな。

と、児古売は素直に思った。

——私たちは蒼生《あおひとくさ》と言って、土のなかで繋がるんだって。

児古売《こごめ》は久毛方《くもは》がいつか話してくれたことを思い出した。

児古売は、また兄弟や姉妹のことを思った。兄弟は六人か七人が普通だし、なかには十五人をこえるのもいる。その中からどうやって二人を選ぶのだろう。亡くなる頃は、親もとっくにいなくなっているから、まわりの人が選ぶのだろうな、と思った。

――私だったら誰と葬られるだろうか。

――姉は一番上の兄とに決まっている。お互いに面倒見がよくて苦労性だからな。でも、姉があの久毛方と一緒の墓に入れないのは残念だ。私は弟の阿弥羽《あやは》かな。本当の妹背《いもせ》の仲ね。でもこれは私たちの邑のことじゃない。

と、児古売はちょっと安心した。

それから児古売は、

――弟たちも大切にしなくちゃや。姉ももうじきいなくなる。私が母を助けなくては。糸紡ぎにも、田作りにも精を出さなくては。

と思った。

次の年に姉は出産した。元気な男の子だった。そして久毛方の家では新室を建ててくれた。姉は梓の邑に移っていった。弟たちは日に日に育っている。山菜のミズは夏の終わり、いや秋の口まで採れる。秋になれば木の子も採れるし、犬川には獲りきれないほどの鮭がのぼってくる。生きていくのは大変で、骨は折れるが、それだけ楽しいこともあるはずだ。

児古売は歌垣の日を指折り数えて待つようになった。

第二章　悪霊祓い

（一）

児古売《こごめ》の住む邑《むら》では夏が来ると田の近くに仮廬《かりほ》を設け、鳥追いに忙しかった。児古売の弟たち、阿弥羽《あやは》と洲弥羽《すみは》も駆り出されて仲間たちと田のまわりを駆け回った。彼らは杉の細長い板を円筒形に結わえて木貝を作り、ほら貝のように吹き鳴らした。

せっ、せっ、せやー
せっ、せっ、せやー
追いもうせ、追いもうせ
よからぬ鳥を追いもうせ
さらばよって、追いもうせ

唱えことばの後は、木貝を思い切り吹き鳴らした。

稲に実が入り、収穫までの季節には、鳥がついばみにやってくる。月が二度満ち欠けを繰り返す間にそれは続いた。夏までにまっすぐに立った穂は穂孕《ほばら》みを始め、それはどんどん膨《ふく》らみ、重みを増していくと少し前方に傾いた。鳥たちはチュンチュンと鈴の音色のような声で鳴く雀を先頭に、隙をみては次々に田にやってきた。穂孕みを始めるともう味がいいらしい。邑では鳥追いは、年少の子どもたちや女たちの仕事でもあった。

はんで逃げるものは　はんで逃げえ
跳んで逃げるものは　跳んで逃げえ

唱えことばはいくつもあって、子どもたちは飽きずに繰り返した。

一方、田のまわりの水路や川には丸木舟が浮かべられ、それに乗った女たちはけたたましい音をたてるものをてんでに持ってきて騒ぎ立てた。女たちはうっぷんを晴らすように思い切り鳴子を鳴らした。稲が穂孕みをする時は人も同じように猥褻《ひわい》なことをするとよい、と言って男たちが近づいてくる。女だけの舟には、そういう男どもの噂も出る。そういう男どもも追っ払うのだと鼻息が荒い女もいて、いっそうけたたましく賑やかになった。それにみだらな笑い声も加わった。

誰《た》そ彼《がれ》時まで鳥追いは続き、疲れた女たちは仮廬に来て休んだ。水を呑み汗をふいた。間食は大豆と稗《ひえ》の粥だった。瓜も近くの川で冷やしておいたのを分けて食べた。田はそれほど広くなかったので、暇な時は鵐《む》栗《くり》を鳴らして遊び、のんびりと楽しみながら穂が実るのを待った。

夏が過ぎると忙しかった。男どもは女たちを構うよりも、川に溢れる鮭や鱒を捕った。しかし始めのうちからしばらくは、その日に食べる分しか捕らなかった。それも月が二度満ち欠けを繰り返す間であった。その後は保存用に大量に捕った。秋が深まると山はきれいだった。紅葉が進むと山は遠い処と近い処の差がはっきり分かった。今までは全山緑に覆われていて見分けがつかなかったのだ。黄色と紅色が日を追う毎に色を増し、数も増す。神秘的な宝の山になっていく。

児古売《ここめ》らが山に入る時は呪《まじな》いをした。

まず薄《すすき》の葉を両手で包み、まとめてから途中で折り返して結ぶ。標《しめ》だ。これには無事に帰って来れるようにとの願いが込められている。それから細長い草を採って採りものとし、神を招きよせる。手を打つ。そして最後に足を踏みならして悪霊を退散させる。

――これで蝮《まむし》や毒虫はでないだろう。もっとも、今日は晴れて暖かいから、ものみな動き出す。気をつけないと。

乙女らは木の実や木の子を集めに山に入る。児古売は近くで仲間の声を聞いた。ああ、ほいほう、ああ、ほいほう、というかけ声だ。

木の神よ
ああ、ほいほう

あなたの作ったものいただきます
　ああ、ほいほう

　これはどんぐりがたくさん落ちている木のまわりで踊っているのだ。どんぐりはあく抜きが大変だが、粉にして焼くとうまい。旅に出る時も持っていけるし、保存して救荒食《きゅうこうしょく》にもなる。

　児古売らは子どもの背丈ほどに伸びた棘草《いらくさ》を採り始めた。この内皮で糸をとる。この糸で織った布は白っぽい。この布に赤い切伏をするのが楽しみだった。蝮除けに長い棒を突き立ててから手を出していく。ふとがさごそと音がして、目が追いかける先にまだら模様がうねうねとうねっていた。蝮がいたのだ。児古売は吃驚してしばらく立ちすくんでいたが、やがて気を取り直して呪文を唱えた。

　胴きり　胴きり　この山道は　人　人が歩く道

蟲が通らば　胴体を切れば　胴体が切れる
尾を切れば　尾が切れる　蟲が通らば
胴きり　胴きり

一つだけでは足りないと思い、私は光るマキリを持っているぞ、という唱えことばを付け加えた。これで大丈夫だろう。
湿った奥深い森のなかで、熊木の子を見つけた仲間がいる。喜びのあまり

おのんのう！　おのんのう！

と声を出して舞い踊る。黒くすんだ色の大きな熊木の子だ。仲間は槍で突くまねをしてからその木の子を採った。この木の子は汁物に入れるととてもいい味がする。塩をひとつまみ入れるだけでよかった。年寄りが好きな食べ物だ。木の子を見つけるとてんでに神に感謝しながら、掘串《ふくし》を使ってそっくりいただいてくるのだった。志女治《しめじ》も出ていた。雨や雪の多いこの地方の山は本当に宝の山で、植物や山菜、木の子などの宝庫だった。

（二）

児古売《ここめ》の邑の知り合いの男親が突然亡くなった。深山のなかに入り込んで熊に襲われたのだ。娘は泣き叫んだ。別の男がその日のうちに遺体を見つけてみんなに知らせた。首がない死体だった。遺体はみんなに担がれ、邑に戻ってきたが、葬儀の準備もそこそこに、男どもは狩の準備に入った。人を喰った熊はそのままにしておく訳にはいかない。人の味を知ってしまった熊を放置すれば、また犠牲者を出すことになる。巫女におおよその方角と成否を聞き、一行は山に入った。児古売の父も加わった。槍と弓を持った猟だ。いつもの春先の猟と違い、危険が多い。食料も多めに持っていったが、児古売らは心配した。

五日経って一行は帰ってきた。見事にその熊が仕留められていた。男を襲った付近にうろうろしていたという。奴奇知《ぬかち》という男が一番槍だったらしい。二番槍も三番槍も一番槍の直後に恨みを持って熊の厚い胸を貫いたそうだ。大きな熊だったがその肉は誰も喰わなかった。熊は神として祀られるのが常だったが、人に災いをした場合は別だった。近くの木の根元に熊の肉片は置かれた。他の獣に食べてもらうためだ。熊の頭は別だった。新しく女便所を作り、頭は大きく口を開けさせて、その底に据えた。

亡くなった男の家からは、哭《な》きうたが聞こえた。近親が遺体に呼びかけるようにしてうたう。次から次へと悔やむことばが出てくる。それぞれ遺体に呼びかけることばを自由な節に乗せてうたう。児古売《こごめ》と同い年ぐらいの娘も、哭きうたをか細くうたいはじめ、母や叔母たちの声と混じって、その声はだんだん大きくなっていった。故人の名を呼び嘆き悲しむ人は多かった。

ああ、こんなに早く逝ってしまうとは!
残された私はどうすればいいのか
あなたはとてもよい人よ
なぜ　よい人から逝くのか

哭きうたは近隣の人も加わり、いつまでも続けられた。哭きうたはだんだん決まった節になっていき、集まった人たち全員でうたうようになった。男どもからは怒声が時折聞かれたが、それもだんだん収まって、静かな悔やみのことばに変わっていった。

近隣の家では悪霊が入りこまぬよう家の入り口に薄の穂を並べた。

巫女に日を取り決めてもらい、簡単な葬儀が行われた。縄で結界を示し、遺体のまわりを覆った。すべて急いで作られ、わざと粗末に仕立てられた。


やがて道具を使って粗末な筏《いかだ》のようなものが作られ、それができあがると遺体を載せた。女どもが遺体にとりついて泣いたり、再び哭きうたが激しくなった。その声に送られて担ぎ手たちは歩きだした。

墓場に着くと、あらかじめ掘ってある穴に遺体を置き、土をかぶせた。長い間、呪歌と哭きうたが続いた後、うなり木を振り回して墓場に集まってきた悪霊どもを振り払うと、一向は帰途に着いた。悄然とした一行が帰ってくると、亡くなった男の家で饗が始まった。

野辺送りを終えた人々に、種々の粥、堅果類、鮭がたくさん入った汁などが出た。今年簗《やな》でたくさん獲れた鮎も出た。鮎の焼いたものは熱いうちにすぐ串を抜いておかねばならない。そうしないと身がくっついてとれなくなる。鳥の肉はご馳走だった。冬に備えて脂がたっぷり乗っていた。そんな準備で近隣の女どもが忙しかった。粥にはにんにくを発酵させた蒜搗《ひるつ》きという薬味を入れるのが好きな男も多かった。姥百合《うばゆり》の根を砕いて固めた団子も腹をいっぱいにした。児古売《ここめ》も手伝った。噛み酒もたくさん出た。男どもに料理を配り終わり、呑むのも一段落する頃になって、ようやく児古売らも食べ始めた。児古売は、初めて大人の集団に加わり手伝いをすることで、一人前になったような気がしたが、やはり身が硬くなって食事は喉を通らなかった。同い年の娘のことを思うと気が休まなかった。それで、少しの暇を見つけては少しずつ娘に話しかけた。

「きのどくに、大丈夫?」

娘は児古売を見返し、涙に濡れた目で頷《うなづ》いた。

「いい父だった」

とだけ言うと、娘はまた泣きだした。児古売も思わず貰い泣きをした。自分が彼女だったらどうしようと考えて、涙は溢れてきた。

亡くなった人を偲ぶ哭きうたは、野の仕事のときも時折思い出されるようにしてうたわれた。それが風に乗って聞こえてくると、無性に寂しくなった。

（三）

児古売の住む邑に大風が吹いた。遮《さえぎ》るもののない処にある粗末な小屋などはすぐ吹き飛ばされた。鈍い色の曇った空が、真っ暗な雲に変わり、突風が吹き荒れた。こういう時はただじっと我慢しているより他はない。藁で家屋の隙間《すきま》風を防ぐが、ゴゥーというなりとともに、住居全体が揺れると、隙間風などどうでもいいような気がしてくる。しかしその隙間風の勢いもものすごく、身体に直接当たって寒気がした。大風は怖いものだ。

児古売の母は風除けの呪文を唱え続けたが、効き目はなかった。より一層の強い風が吹いてきた。幸い稲の穂刈はあらかた済み、貯蔵庫に仕舞った。鳥追いのための仮廬《かりほ》もとっくにたたんだのはよかった。丸木舟は流されないように岸に引っ張りあげた。畑の作物も収穫できるものは収穫した。それで心配事はないのだが、風はやはり怖ろしかった。間違って火でも出せば邑全体が燃える。風の強い日は、火起こしに使う舞鑽《まいぎり》は仕舞っておいたから暖かいものは夕餉《ゆうげ》にも食べられなかった。阿弥羽《あやは》と洲弥羽《すみは》は外に出て遊びたい盛りだったが、そろそろ分別もついてきた頃なので、おとなしくマキリで木を刻んだり、胡桃を割ったりしていた。とにかくただじっと耐えるしかなかった。丸二日間も大風は続いた。

風がようやく収まると、傾いた箇所の点検や修理、畑の手入れなどで家族は忙しかった。児古売《こめ》も風が吹いている間中、怖いことばかり考えていたので、少し気が変になったと思った。知り合いの娘の親が熊に襲われて亡くなったり、大風が吹き荒れたり、火事の心配をしたり、森で狼に追いかけられたりしたことを思い出したりした。つい最近の蝮との遭遇も怖かった。月夜の晩はあんなに大気が澄んでいてきれいなのに、どうして大風が吹くのだろう。娘の父親は冷たくなり地の中で腐り始めている。そういうことをまだ幼い頭で考えていると、何もする気が起きなくなってきた。児古売は考え事をする時は井戸によく行った。

児古売は井戸の傍に佇《たたず》んだ。そうすると、つい暗闇の中を覗き込みたくなる。暗闇の中には誰も知らない夜見《よみ》の世界が広がっている、という。暗がりを下に、下にと降りていけば、ひんやりした水面があり、そこにはいままで見たことのない自分の顔が浮かんでいる。それはどんな顔だろう。水面は鏡と同じで顔を写すが、じっと見続けると、その顔が別のものに変わるという。児古売はそのことを知りたくなって、井戸の縁から身を乗り出し屈んでみた。そうすると、井戸の底の暗がりが少しばかり明るくなってぼんやりとした人の顔が浮かんでいた。あれは、老婆の顔だろうか。死神の顔だろうか。それとも乙女の顔だろうか。大きく見開いた娘の顔がふと浮かんでくると、――ああ、あれは熊に襲われ亡くなった男の娘だ、と思い出し、本当にその娘が浮かんでいるのではないか、と目を凝らしてみる。そうではないと分かって一安心する。しかし次の瞬間に、ひやっと冷たいものが身体を通ってきた。ぞくぞくと寒気がやってきた。その娘が微笑み、こちらへおいでと誘っているように思えたからだ。

児古売は川面に向かって唱える呪文を思い出していた。

屈《かが》み　屈み　水面に屈み
そこに移るは　誰が影ぞ
そこに移るは　空蝉《うつせみ》ぞ
そこに移るは　虚《うつ》ろなる
身を過《あやま》てる　誰が影ぞ
屈み　屈み　水面に屈み

そこに移るは　誰が影ぞ

この呪文を小声で唱えながら、児古売《ここめ》は、深い井戸の中の水面や川面が人の影を写すという不思議さを思った。流れていく川面、じわりと湧き出る泉、井戸水、その底には夜見の国へと通ずる夜見の穴があると言う。夜見の国では、狭い処に人が横たわり、身体から蛆がわきでて醜悪だという。身体はしまいには蝉の抜け殻のようになり、崑崙山《こんろんさん》に遷ると言う。それを尸解仙《しかいせん》と言うのだそうだ。学のある久毛方《くもは》から聞いたのだ。夜見の国では昨日のような大風は吹かないのだろうか。うつろなもの、蝉の抜け殻、川面、大風と連想してもあまり楽しいものはなかった。

ふたたび、水面にいくつかの人の顔が浮かび、ゆらゆら揺れた。人の顔は重なり合い、揺らぎあい、誘っているように笑った。児古売は眩暈《めまい》をおぼえ、そこにへたりこんだ。

（四）

児古売の体内に川に棲む悪霊がとりついたという噂が広まったのはそれからしばらくしてからだった。児古売が川の水場で洗濯をしているうちに入りこんだらしい。よく人がくしゃみをする瞬間に悪霊が入り込むという。このときも、児古売が川水の冷たさにくしゃみをしてしまい、つい呪文を忘れたのだ。そんな時には「くさめ、くさめ」と唱えればよかったのだ。

くしゃみは何度でも出て、児古売を困らせた。悪寒もするので家に戻った。気分が悪くなり、横になった。その日は食欲もなく静かに過ごした。

母親は火の勢いを増して、暖かくしてくれ、甘い砂栗や茹で卵を食べろ、と出してくれた。さらに、片栗の粉を葛湯《くずゆ》にして飲ませてくれた。

しばらくして児古売は元気になったが、心は鬱屈《うつくつ》するようになった。本当に悪霊が入りこんだようだ。何の理由もなく、ふさぎこむことが多くなった。

狭い邑のことなので、噂は広まった。児古売も姉に似てきれいになったから、悪霊に懸想されたのだとか、ただの気の迷いだとか、ぶらぶらの病だとかさまざまに言われた。ぶらぶらの病とは巫病《ふびょう》のことだ。巫女になろうと修行しているうちに、浮遊している世界に取り込まれてしまうことだ。そして戻ってこれなくなると死ぬこともある。

秋は静かに深まっていった。朝夕は霧や靄がかかり、遠くを見渡すことはできなかったが、日中は紅葉がその色を増していた。山はたとえようもなく美しかった。乙女らは秋の草花の汁を摺ってほのかに匂う色に染めたり、赤土や黄土の泥土で丹摺りした布をまとって山に入った。山ではまだまだ木の実や木の子がたくさん採れた。朝夕に勢いを増す霧や靄は旺盛な山の息吹にも思え、今年の冬は、またたくさんの雪に見舞われるだろうと人々は予想した。山の裾に築かれた冢《ちょう》は、夏はその威厳を増してそびえていたが、秋にはやさしく邑を見守っていた。優《う》嵜《き》曇《たむ》の三つの勢力はお互いに相手を尊重し、共存することに力を注いだ。そもそも同じ部族であり、長い間の協力関係は揺るぎないものとなっていた。西の方からの新しい風は激しく吹き、それを取り入れることにはそれぞれの勢力間に違いはあったが、どちらかが成功すると、それは自然にもう一方にも伝播した。この郷の長は、西の勢力とも深い関係を結んでいた。南の巨大な山塊をなんとか越えると相津《あいづ》に着くが、そこも三つの勢力が均衡した関係を結んでいた。ここには郷よりも大きな国邑があった。相津の廻りの郷の使いは時折相津に行き来した。相津には巨大な冢を築くことを許され、倭《やまと》という更に大きな勢力に守られていた。そこからは毛野《けぬ》の勢力などを通して、明鏡や釧《くしろ》という腕輪や、何よりも役に立つ硬い金属である鉄の塊や、神が創りたもうたような見事な曲線を持つ鍬や刀など貴重な文物が、冢造りの人員派遣と引き換えにもたらされた。優峰曇の郷は相津の国邑とは幾つかの険しい山塊で隔てられていた。それで新興の倭の政治勢力は入り込んでいなかったが、それ以前に倭風の風習は人々の間にすでに根をおろしていた。優峰曇の郷では土着の人々が川に沿う村を築き、長を共立した。

優峰曇の長は三つの勢力のなかから互選されたが、結果的には順繰りになっていた。ここにも相津に次ぐ冢が築かれていた。しかしその冢の築かれ方は倭風ではなかった。

優峰曇の郷の長は、今は丹色根邑《にろねむら》の長が務めていた。秋にはその丹色根邑の長が、他の二つの邑の主だった人々を連れて、恒例の国見を行った。国見の長い行列は高山の裾まで続いた。真紅の裳裾を翻して巫女の集団が先頭を行く。種々の採り物も高く掲げていく。それに馬に乗った長が続いた。山に差し掛かると馬を降り、共に歩む。霧や靄がまだ残り、遥かに望む邑からは遅い朝餉《あさげ》の煙も立ち上って、大地から吐く息の蠢動《しゅんどう》を感じさせた。人々は高山の頂から、緑豊かな丘や窪地を眺め、ほうっと嘆声をあげ、その詩情に酔った。

秋が深まると、女たちは冬を越すための薪《まき》集めに忙しかった。持ち運べるだけの軽さの倒木や枯れ枝を集めるのだが、束になると結構重かった。これで何往復したか分からないほど、運び、細かく切断して乾燥させる。これで冬は長くても大丈夫と言えるぐらいになるまでは大分時が経った。それが一段落した頃、悪霊がやってきた。

仲間たちと共同作業はしていたものの、相変わらず口をきかず、塞《ふさ》ぎこんでいた児古売《ここめ》は、疲れ果てて家では横になっていることが多かった。友達が訪ねてきても口をきかなかった。弟の阿弥羽《あやは》も洲弥羽《すみは》も気難しい「小姉《こあね》」には近づかなかった。両親もそっとしておいた。児古売の家は火が消えたように静かになった。しかし、その日は児古売の両親ともかいがいしく働いていた。食事の準備に没頭していた。

夕方になると、児古売は、また立ちくらみを感じた。風邪を引いたときに甘草の汁を飲み過ぎたせいだろうか。それとも、薪運びの疲れが悪さをするのだろうか。皆で薪運びをしている帰りに、広い沢に薪を流す占いをしてみたが、大きな流木に邪魔されて薪が流れなかった。それが自分の運命を表しているのかもしれない、などと考えたりもしてみた。夜は夢を毎日見る。熊が家の中に入ってきて頭を甕《かめ》に突っ込み、なかなかとれないでいる夢だ。ほうほうと追い払うことばを何度唱えてみても熊は出ていかない。熊は苦しくて暴れまわり、ますます甕のなかでもがく。家の中のものが壊れる。干し肉や穀物が飛び散る。そんな夢を見る。自分のなかの大事なものも壊されていくようで辛い思いをした。熊はとうとう甕を壊すと、脱兎《だっと》のように駆け出す。森の奥に消える。それから場面が変わって、誰もいない家に、自分だけがぽつんと一人で立ち尽くしている。なぜか、家の人がみな死に絶えて誰もいないことが分かる。扉の前は真っ暗闇で、ただそれをじっと眺めている、という夢も見る。これからどんな風に生きていけばいいんだろうか。児古売は不安でしょうがない。こんなとき姉の古売《こめ》がいてくれればいいのに。姉の夫の久毛方《くもは》もいてくれればいいのに。どんなに力強く自分を慰めてくれるだろうか。それにしてもどうして家族が死んでしまったのか。熊に襲われたのか。いろいろ詮索《せんさく》しているうちに、いや、あれは夢だったと分かって一安心する。夢を見終わった後は、身体は妙に汗ばんでいる。汗をふくと、寂しさが身体中を覆っている。これは自分が成長する試練なのだろうか。そうだったらいいのに。そういえば弟の阿弥羽《あやは》も洲弥羽《すみは》ももう年頃だから、館《ちゃし》に行って訓練を始めなければならない。訓練は激しいから生傷が絶えないだろう。眼など傷つけなければよいが。それなのに自分は一体どうしたのだろう。でももう少し我慢すればきっと明るくなる、と思い直した。

児古売《ここめ》が寝ていると、不思議な音が聞こえてきた。最初はぼうっという音が聞こえ、耳を澄ますと、ぼうっぼうっと連続する音だ。その音が高くなったり低くなったりする。また、大きくなったり小さくなったりする。一体どうやったらあんな音が出せるのだろうか。あれは悪霊の仕業だろうか。神が訪れているのだろうか。滅多に聞かない音だ。いや最近聞いたような気もする。どこでだろう。ああ、あれはと急に思いついて、児古売はぞっとした。熊に襲われた邑人《むらびと》の葬儀の帰りに、悪霊祓いに鳴らしたものだ。子どもが悪戯《いたずら》で回すと叱られる。あれは墓で鳴らしたうなり木だ。手のひらよりも少し長い木片に、刺草から採った糸で編んだ紐を結びつける。そしてそれを勢いよく回す。木片が大きかったり、紐を長くすると、音は大きくなる。鮮やかな音は不吉な音だ。また、ぼうっ、ぼうっと響く。だとすると、夢がまだ続いているのだろうか。ここは墓のなかで、自分か誰かが葬られ、邑の人たちが悪霊祓いをしているのだろうか。

不安げな児古売の耳にまた、蟲笛の音が聞こえてきた。ひゅーるるるとかすかに聞こえてきた。そして鈴の音も、セミという楽器の音も。

児古売は何か楽しげになってきた。これは悪霊の仕業ではない。と直感したからだ。そのうち丸太太鼓の音も聞こえてきた。

——庭で何かやっている。

——にぎやかなことが始まる。

児古売は起きて、庭に出てみた。

——いったい、何が始まるんだろう。

まだ少しの不安は解消されなかった。

庭に通じる広場には、火が煌々《こうこう》と燈《とも》されていた。中年の巫女が一人で祈祷《きとう》を始めていた。香りのよい枝が燃やされ、芳香が漂う。うなり木や蟲笛を鳴らしている人たちがいる。刻んだ骨を木片で擦っている奇怪な音が響く。真ん中に吸い口がある横笛はいい音を奏でる。

「天の鳥笛」だ。巫女は酒を火にふりかけ始めた。次に粉をふりかける。その度毎に火は勢いよく燃えさかる。見ると中央奥の方に、簡単な祭壇が用意されている。そこにはさまざまな穀物や品物が並ぶ。

巫女は、

「どんきつぼ、祓《はら》え」

と言うと、両手を鼻に持っていき、その手を左右に打ち払った。

そして踊り始めた。

悪霊来るな
この家へ
我らは罪なきものなり
疾《と》く去れ
悪霊よ

巫女はそう唱えた。

児古売《こごめ》は、ふらふらと歩いてきたところを、若者たちに見つけられ、祭壇の前に座らせられた。落ち着くと噛み酒を勧められた。いい香りがして、よく分からないが、一息に飲んでしまった。一杯飲むと、不思議なことに何杯も飲めるような気がして、杯を重ねた。

前後不覚になりそうなところで巫女が近づいてきた。そして、

「お前は誰だ」

と尋ねた。

「児古売」

と答えると、

「いや、児古売の中にいる悪霊じゃ」

と聞き返された。

児古売は、夢の中のことを聞かれていると思い、

「真っ黒いくまだ」

と答えた。

「くまか。大きなくまか」

「そうだ」

「それはあくまじゃ。邪悪な悪霊じゃ」

「ああ、あくまか。悪霊か」

「その真っ黒い悪霊はいつ児古売の身体に入ったのか」

「洗い場にいたとき」

「何か食べたいものはあるか」

「甕《かめ》の中の甘い蜜」

「よし、他には」

「ない」

「では、蜜を食べたらそれで帰るのだな」

「はい」

「それから捧げものは持っていけ。もう人の身体には入るな」

児古売《ここめ》も悪霊には早く出ていってもらいたいという気持ちで、最後に、

「はい」

と言った。


巫女は庭で反閇《へんばい》の歩を運び、舞を舞った。そして火に酒や少量の油が注がれて、うなり

木やセミが鳴った。丸太太鼓は太陽が月に食べられそうになった時に、太陽を励ますために一晩中ばちで叩くものだ。ここでもずっと叩かれた。それは児古売の体内から悪霊が早く出ていくのを助けるためだった。

ふと木陰から仮面を被った男が躍り出た。仮面の鼻が途中で曲がっているものや、無表情なもの、大きく口を開けて笑っているものなど数人が踊りだした。踊りは巫女の舞のように規則正しいものではなく、でたらめでおもしろおかしいものであった。集まった人々から笑みがこぼれた。

また幾人かが踊りの輪に入った。集まった人々には酒が配られ、料理が運ばれた。児古売も誘われて踊りだし、つきものが落ちたように食べ、飲んだ。甘い蜜も食べた。そして少し眠ったが、再び目を覚ました。わあっという人々の声が大きくなったからだ。

銀の宝だ
今日の月
金の宝だ
今日の月

さあ、空いちめんに
まきちらせ
さあ、庭いちめんに
まきちらせ

と、胡桃や栗、餅などが撒かれた。人々は争って拾い集める。その後綱引きが始まった。二つに分かれた人々が思い切り引っ張る。双方を勝手に応援して楽しがる。頃合いをみて、暗がりのなかで誰かがマキリで綱を傷つける。そうすると、綱は真ん中でだんだん細くなり、やがて勢いよく双方に弾き出されて転ぶ。見ている人はみんな笑い転げる。

仮面の男どもがまた躍り出て、その転んだ様子を真似てみる。また笑いが広がる。それが一段落すると、皆てんでに弓を持ってくる。地面に置いた矢をめがけて別の矢を射込み、二つに折ろうとする。神を喜ばせ、悪霊を退散させる呪いだ。あちこちで矢は二つに折れる。

せっ、せっ、せやー

せっ、せっ、せやー
追いもうせ、追いもうせ
よからぬ鳥を追いもうせ
さらばよって、追いもうせ

子どもたちや女どもの鳥追いの唱えことばも響く。阿弥羽《あやは》が木貝を吹き鳴らす。洲弥羽《すみは》も真肴板《まないた》を叩く。木貝はまわりの山にこだまする。噛み酒を催促する声、鮭を焼く匂い、煙が充満し、邑に活気が溢れた。足萎えの男や目が不自由な子どもも楽しんでいる。何があっても涎《よだれ》を垂らして笑っている男も浮かれて踊っている。児古売《ここめ》は疲れてぐっすり眠った。鳥追いの声とともに自分のなかに、何かがしっかりと根をおろしたような気がした。悪霊が出ていってぽっかり空いた処に暖かいものが流れてきたように感じた。活力が満ちてきて身体がぶるぶるふるえてきた。ぶるぶるふるえる身体の主は他ならぬ自分だった。物事がはっきり見えてきた。考え方もすっきりした。

児古売は安心して眠った。

紅葉が最盛期に入る頃、丹色根《にろね》の邑の大きな湖に雁や白鳥が降り立った。湖とその周囲の広い湿地帯は貝や小魚など餌が豊富だった。早速邑の女どもは白鳥の舞を舞い、歓迎し、男どもはそのうちの一羽でも捕らえようと知恵を絞った。

山に入るといつかの大風で倒れた大きな木がある。折れた処がまだ生々しく、きれいな木の肌を見せている。鋭く裂けた裂け目は切り立っていて危険だ。しかし、これも数年経てば柔らかく朽ちる。

児古売《こごめ》は山に入り、古い倒木に鈴なりのなめこを見つけ、小躍りした。見事な群生だった。柏の大きな葉を数枚敷いて、そこにぬらめくなめこの大群を一気に入れ、次々に収穫して、籠はすぐ一杯になっていった。

――感謝します。大事に食べます。

児古売は手にも柏の葉を持ち、なめこを入れた。大事に手に包んで持ち、大きくなり過ぎたなめこは、来年のために少し残した。児古売は手についたぬらめきを気にせずに一気に山を下りた。

山道を下りながら児古売は、冬の仕事を思いやった。男どもは兎狩りや鹿狩りを始める。またあのうなり木が鳴って、風の神に風の向きが変わらないよう願う。鹿は窪地に追い込まれ、硬い氷雪に脚をとられて身動きが不自由だ。もうじき、おいしい冬の鹿肉が食べられる。とても暖かい鹿皮も大切な衣類になる。それを楽しみに莚《むしろ》を編んだり、糸を撚《よ》る。土器も作る。

――春になったら、

――春になったら空久津《あくつ》にでも行ってみよう。違う装いの人々が住み始めたそうだ。この目で確かめてみよう。韓国人《からくに》と言うそうだ。梓邑《あずさむら》の姉はどうしているのだろうか。久毛《くも》方《は》は優しくしてくれているだろうか。児はどんなに可愛いだろう。それから高山に上ってみよう。歌垣ではどんな人と出会うだろう。

秋の色とりどりの葉を見つめながら、春の緑のきれいさを思い浮かべ、児古売はうっとりとした。きれいなものに再び出逢った気がした。通じあった邑のみんなと同じように、花や草の臭いと同化している自分に気付いた。春にはどんな草の色で裳を染めようか。児古売は楽しく迷い始めた。

第三章

今来《いまき》の技《わざ》

（一）

秋も深まり、紅葉は燃えるように全山を覆った。ところどころに黄色が混じり、松や杉の緑は影に隠れた。日中は暖かいが、朝晩はひんやりとした空気が入ってくる。朝靄《もや》が眺望の邪魔をするようになった。山の幸も採るべきものは採ったが、まだ探せば手に入れることもできた。児古売《こめ》は大好きな菌《たけ》採《と》りを毎日していたが、ふと梓邑《あずさむら》に嫁いでいる姉に逢いたくなった。「大姉《おおあね》」は元気にしているだろうか。子どもも無事育っているだろうか。何かおいしいものを土産に訪れたい。

そんなことを考えながら児古売が菌採りをしたその帰り道で、大男の奴奇知《ぬかち》が声をかけてきた。

「おい、そこの娘は悪霊憑きの児古売ではないか」

「ふん、そんな呼び方をするのは、礼儀知らずの荒脛巾《あらはばき》だろう。私は平気だ」

「ははあ、悪いことを言ったか。謝る。ところで山ではどんなものが採れた」

「熊木の子だ。どっさりある」

どれどれ、と奴奇知《ぬかち》が児古売《ここめ》の籠を覗き込み、大きな熊木の子を取り出すと、びっくりしたようにおどけて、

「おのんのう、おのんのう」

と叫んであたりを廻った。舞茸《まいたけ》の由来を語るその仕草のあとは、二人とも打ち解けて笑いあった。そこで児古売はきりだした。

「ねえ、いつも阿弥羽《あやはは》や洲弥羽《すみは》を構ってくれてありがとう。館《ちゃし》では二人は何とか役に立つようになるかしら」

「ああ、心配はいらないよ」

「これからもよろしく。それから安那《あんな》を誘って梓邑に行きたいのだが、どうだろう」

「安那とは俺が仕留めた熊に父親を殺られた娘だな。それはいい。喪が明ける憂さ晴らしにちょうどいい。誘ってやれ。梓邑ならお前の姉もいるしな。いつ行くのだ」

「明日にしようと思う。そうだ。狩りがなかったら、奴奇知も一緒に行こう」

若くてきれいな娘二人と一緒にぶらぶら歩くのは悪いことではない。しかし体面もあるので、奴奇知は渋々という感じで返事をした。児古売はその場で奴奇知と別れると、早速

安那の家を訪ね約束をとりつけた。そして、稲数束を持って鮎飼《あゆかい》の処に行き、鮎十数匹と交換した。梓邑への土産はそれだけでなく、今日採ってきた熊木の子や柏の葉に包んだなめこも用意した。鮎はマキリではらわたを抜き、軽く焼いて悪くならないようにした。鮎が釣れると占いではよい兆しなのだが、そういう遊びはしていられない。

朝早く起きた児古売は、昨日の残りの粥を軽く食べ、安那を呼びに行った。そこへ奴奇知も顔を見せ、

「おい、その荷を俺に貸せ」

と、鮎を笹に刺した束を持ってくれた。

児古売と安那は、隣邑に行くのだが、一応山行きの格好で家を出た。二人とも白樺の皮鞘に収めたマキリを腰に下げ、背丈ほどの杖をついた。この杖には自分の古い小膚帯を巻きつけてあった。熊や猪に出会った時、この小膚帯をふりほどいて振り回すのだ。その他に児古売は籠に木の子や干し肉を入れてきた。

この豆寇《つく》邑から梓邑までは大した道のりではない。朝早く発てば、太陽が中空に浮かぶずっと前に着くことができる。しかしそんなに急ぐ旅ではない。三人で歩をあわせながら

ゆっくり進んだ。道は山際に細く続いていた。大きな川には橋がなかったので、流れの緩やかな処や浅瀬になった処に、飛び石が置いてあったり、打橋という簡単な板が打ち付けてある橋を渡った。児古売《ここめ》は途中で目ざとくあけびを見つけては繁みに入ってその実を採って籠に入れた。高い処に成っているあけびは長身の奴奇知《ぬかち》に任せた。あけびの実はたいていのものが開いていて、果肉はほんのり甘くておいしい。三人とも口いっぱいにその実を頬張って、種を回りに吐き捨てながら歩いた。

「なあ、安那よ。もう喪は明けたのか」

「ええ、奴奇知にはいろいろ助けてもらって」

安那がいつもの服を反対に着ていたのは奴奇知も分かっていたが、早く喪を明けて気持ちを切り替えなければならないことを言っていた。

「これからは大変じゃな。冬の支度はもうできたのか」

「ええ、今年は何とか皆が手伝ってくれた」

「安那も早く一人前の女にならんとな。なあ児古売よ」

「はい」と児古売が次は自分の番だと神妙に聞いていると、

「お前にはこれが似合う」と差し出したのは蔓梅《つるうめ》もどきの蔓だった。この筋糸を取って紐に絢うと、処女の守りである小膚帯になる。そういうものはとっくに身につけているのに、殊更に言われると子どもと言われたようで少し腹立たしい。それで蔓は受け取らずに知らん振りをした。奴奇知はアハハハと豪快に笑った。

道が丘陵にさしかかり、そこを上りきるとずっと先に幅の広い川が見えた。その川に鴨の群れが集っている。そこで三人は腰を下ろして休んだ。鴨の群れを見つめていると、その先に白くて大きなものが降り立つようだった。

「ほほう。白鳥がやってきた」

「今年もやってきたのね」

しばらく三人は無言で見つめた。

白鳥が長い首を傾げ、羽根を休める様子はたとえようもなく美しかった。

「あの白鳥はどこからやってくるのだろう」

奴奇知がふと呟くと、鸚鵡《おうむ》返しに児古売も奴奇知に聞いた。

「どこからやってくるの？」

白鳥の水辺で羽ばたく。その描く曲線はとても優雅だった。

奴奇知は狩の上手な若者だが、信心深く実直な処がある。神やあの世に関することには詳しいという評判だった。

「白鳥は神の贈り物だ。白鳥は見て分かる通り、天上の世からこの世に降りてきたのだ」

「ふーん」と児古売《こごめ》は相槌を打った。

「安那の父もきっとこの白鳥が立つ世とおなじ処にいる。ただしな、この世とは少し違う処もある。季節が逆なのじゃ。安那の父が亡くなったのはこの秋の初めだったから、天上のあの世では春だ。だから安那の父には鍬も一緒に持たせてやったはずだ」

「今は春なのか。こちらではこれから厳しい冬に向かうのに。でも誰もが行きたがる訳ではないのはなぜ。あの世には天上の他に何があるの。行きたがらないわけはあるでしょう」

と安那が聞くと、奴奇知《ぬかち》は話を続けた。

「地下のあの世がある。それは草木も生えず、奇怪な鳥が騒ぐ恐ろしい世界じゃ」

「誰がそういう処に行くの」

「それは悪業をした者が行くことになっている」

児古売は話を聞いていて、悪霊に取り憑かれたことを思い出し、ぞっとした。しかし目の前の白鳥や鴨の群れを見ていると、その姿に我を忘れた。自分のちっぽけさも忘れた。

一方、安那は父を思い出し、白鳥に向かってうたいかけた。

白鳥降《ときとらんらん》りる　白鳥降《ときとらんらん》りる

安那は寂しい声で静かにうたった。続いて児古売も同じようにうたい継いだ。

白鳥降《ときとらんらん》りる　白鳥降《ときとらんらん》りる

二人の歌声につられて奴奇知もうたい、長老の舞う踏舞も舞った。安那は哭き歌をうたい、父の歌をうたった。次いで自分の歌をうたった。児古売はまだ自分の歌を持っていなかった。今年の冬に母から伝えてもらうことになっている。それが楽しみでもあった。それをもとにして自分の歌を作らねばならない。自分の歌を持って歌垣にも出かけることができる。児古売と安那は不思議に心が休まるのを感じた。こうして三人はゆっくりと丘を下りながら、白鳥の姿とともに心行くまで安那の父の供養をした。

（二）

豆寇邑《つくむら》から梓邑までの間に、館《ちやし》があった。奴奇知《ぬかち》ら豆寇邑の人たちは藤が森の館で狩や戦闘の訓練をした。ここ優峰曇《うきたむ》は比較的平和な地域で、戦いなどは滅多なことではないが、備えだけはしておかなくてはならなかった。そこでは子どもから大人まで男どもが集って弓や槍を使って技や筋肉を鍛えた。阿弥羽《あやは》や洲弥羽《すみは》も一番年下の者として加わっていた。狩の時には勢子《せこ》として利用される。

一行が訪れたのは、小須袈《こすげ》という館だった。ここに寄っていこうと言ったのは勿論奴奇知だった。館とは野にある小さな砦で濠を巡らしてある。まんなかの空き地で武器を持って撃ち合いが行われる。一行が近づくと鈍い木材のぶつかる音が聞こえてきた。斜面を登って奴奇知が館に顔を出した。

「おう、豆寇邑の奴奇知か。丁度よい処に来た。混ざっていけ」

そう言ったのは、梓邑の土麻呂《つちまろ》だった。奴奇知とは旧知の仲だった。十四、五人の若者が群れて、それぞれ木製の武器を取り相手を見つけて撃ち合った。

「これが奴奇知だ。この身体を見ろ」と土麻呂が若者たちに紹介した。奴奇知にとっては大抵が知っている顔だった。狩でもときどき顔を合わせるから腕前も知っていた。

「これはおもしろい。手合わせしてもらえ」と別の者が言った。

「まあ、待て」

奴奇知は眼が慣れるまでしばらく見物した。児古売《ここめ》と安那は危険のない処で見せてもらった。児古売は若者たちのなかに、一際目立つ人物がいるのに気づいた。それは髭があまり濃くなく、色白で身のこなしがすばやい若者だった。髪を振り乱して必死の形相で相手と撃ち合うので一層目立つ。戦いには向かなそうな男だったが、よく見ると動きで相手を圧倒していた。そして一人の眼光鋭い中年の男が隙もなくその男を見守っていた。

「一体どういう人たちだろう。この地の人ではないようだ」

二人を見た児古売はそう思った。

やがて奴奇知も撃ち合いに加わった。彼はおとなしく木剣を振るっていたが、慣れてきた頃、声がかかった。

「それじゃあ始めよう」

最初は奴奇知《ぬかち》に声をかけた土麻呂が若者の相手をした。二人ほど相手にして簡単に負かすと、奴奇知とやろうと言い出した。

「奴奇知、俺の獲物は木の槍だ。お前は用意がないだろうから、ここにある好きなものを使え」

奴奇知も了解して、傍らにある棒杭《ぼっかい》を持った。棒杭とは冬の狩に行くときに持つもので、やや太い棒の先が平らに広がっている。これで雪かきをしながら進むのだ。振り回すのにはちと重いが、奴奇知は気にしない。

土麻呂は棒杭を持った奴奇知と対峙した。土麻呂は勢いよく相手に槍で撃ちかかったが、全ていなされた。そして奴奇知の棒杭が一振りする度に一歩ずつ後退し始めた。右へ行けば鋭い突きが来るし、左に逃げれば振り回す棒杭の勢いに負けてしまう。土麻呂は角になった処へ徐々に押し込められてしまった。土麻呂は最後の一撃の前に降参した。

「なんだか冬の鹿みたいに仕留められたな」

そう言って土麻呂は自分を笑った。

次は梓邑の若者が二人、右手には短い戈《か》を持ち、左手には楯を持って奴奇知に向かった。これは梓邑の若者たちの得意な戦法で乱戦に強い。楯で相手の武器の威力を封じ、遮二無二に突進して大きく振りかぶった戈で致命傷を与える。

奴奇知は二人を相手にしても動じなかった。思い切り棒杭を振るうとブーンといい音がした。秋風を突っ切ったその音は二人の若者の心胆を寒からしめるのに充分だった。

「それでは楯が壊れてしまう。棒杭ではなく、木の槍にしてくれ」

土麻呂にそう言われて、奴奇知は棒杭の代わりに木の槍を手にした。しかし、結果は同じだった。

奴奇知の繰り出す槍は正確で、梓邑の若者は全身を楯で防いでいる間に次の攻撃が見えなくなる。結局上半身を狙われて、次の脚への攻撃を防げなかった。二人の若者は軽く脚への打撃を受けて降参した。

次の相手にあの若者が名乗りを挙げた。

「一度、手合わせ願いたい」

「おう」

と奴奇知は言ったまま、槍を持って立ち尽くした。若者は自分で名乗った。

「私は知波夜《ちはや》と申す」

その声は凛《りん》として響いた。そして周囲に忍び寄っていた冷気を感じさせた。児古売は何か感じることがあった。

「おう、公《きみ》の倅《せがれ》か。名前は聞いておる。俺は、豆寇邑《つくむら》の奴奇知《ぬかち》だ」

奴奇知は短くそう言うと、疲れも見せず知波夜《ちはや》という若者と闘った。奴奇知の手には再び棒杭があった。知波夜は棒を持って抗《あらが》った。奴奇知は何合かこの若者と撃ち合った。撃ち合うにはこつがある。攻撃した後も必ず膝を曲げて重心を低くする。膝が伸びきると次の攻撃ができない。そういう動きはこの若者もできていた。だがこちらの方が少し余裕があった。こういう動きを続けていると知波夜の息があがってくるのが分かった。致命的な一撃を与えるのはなかなか難しいが、身体の重さの分だけ相手に圧力を加えることができる。奴奇知は何度目かの鈍く重い棒杭の一撃を知波夜に与えると、肩の上で棒杭を振りかぶった。知波夜は力を込めて次の防御に備えた。そこへ奴奇知の棒杭の先ではなく、元が飛んできた。細い握りの部分が知波夜の左手を直撃した。奴奇知も滅多に使わない手を使ったのだ。知波夜は棒杭のへらの部分が撃ちおろされるのばかり警戒していたのだった。そこへ奴奇知の大きく構えた左手の影になって、右手の勢いのいい突きが見えなかったのだ。知波夜は左手をしたたか撃たれて、持っていた棒を落としたが、咄嗟にすぐ後ろに転がり込んで木剣を握った。

既に勝負はついたので、奴奇知はゆっくり棒杭を下ろした。そして児古売《こごめ》らを見てあごをしゃくった。児古売と安那はけがをした知波夜の側に行った。

「大丈夫だ。骨は砕けてはいない」と手を診た中年の男が言った。児古売は布切れを出すと近くの小川が流れている処を聞いて水で湿らした。そしてその布で知波夜の腕を覆った。安那は打ち身に効く薬草を探しに行った。二人の乙女がかいがいしく介抱するのを羨ましく見ていた土麻呂は、

「物部の公。乙女の前で痛がってはならぬ」

と囃《はや》した。そして、

「痛さは笑いで忘れる」とも付け加えた。

すると中年の男がすっくと立ち上がり、

「代々、物部に仕える賀夫良《かぶら》と申す者。一矢報いたい」

と立ち上がった。他所《よそ》の邑から来た大男に総なめにされるのはたまらないらしい。

「うむ」と言って奴奇知は相対した。

賀夫良は長剣を模したもので向かってきた。突きが鋭く惜しい当たりもあったが奴奇知はかわした。賀夫良は鋭い突きを中心に、身体を回転しながら圧力で押した。奴奇知は疲

れがでたのか珍しく押され気味だった。賀夫良《かぶら》の鋭い踏み込みに奴奇知《ぬかち》が大きく下がって廻りこむと、周囲はどっと声をあげ、色めきたった。しかし奴奇知が反撃すると、その迫力は賀夫良を圧倒した。奴奇知は追いつめられることはあっても、その度毎にするりと地を脱した。剣の術を知りぬいているらしい。やがて二人は数合撃ち合って勝負はつかず分けた。

物部の公と呼ばれた知波夜《ちはや》は、児古売が覆ってくれた布をそのまま大事に持った。礼を言うと、児古売《ここめ》に話しかけた。

「ありがたい。名は何と言う」

児古売は咄嗟のことだったので、うまく判断できなかった。しかし名を言うことはどんなことなのか分かっていたので、

「豆寇邑の者だ」とだけ答えておいた。この時児古売は知波夜の顔を初めて近くで見た。知波夜の目はもう殺気立つ色から柔和な色に変わっていた。知波夜は倭人特有の白い顔で児古売を一瞬だけ見つめた。児古売は思わず目を伏せた。

賀夫良は、奴奇知に話しかけた。

「さすがにお前は大力の持ち主、その長い脛と髭は荒脛巾《あらはばき》にふさわしい。お前はまるで長脛彦《ながすねひこ》の子孫だ。一人で百人力とはよく言ったものだ。その長い脛と大力には恐れ入る。まさに荒脛巾じゃ」

と褒めた。弾む息を整えると賀夫良は奴奇知を伴なって藪の中に入っていった。後で児古売に巻いてもらった布をそのままにした知波夜も藪に入っていった。なにやら相談事があるらしい。三人は少しの間藪で話しこんでいたが、やがて姿を現した。密談は終わったらしい。一方的な依頼だったのかもしれない。

（三）

その館《ちやし》を辞して奴奇知らの一行が梓邑を目指す道に就くと、安那は奴奇知の強さを褒め称えた。そしてその強さの秘訣を聞いた。

「あの棒杭の扱いのうまいこと。どうしてあんなに自在に操るの」

奴奇知は、

「棒杭はなあ、俺の命綱よ。あれがなかったら俺の命はない」

「どうして」

「吹雪の夜に熊は姿を消す」

「ええ。知ってる」

「それと同じように俺たちも姿を消すことがある」

「どんなふうに」

「ははは、たとえば春先の猟に出かける。たまに雪崩《なだれ》に襲われることがある。雪崩がまっすぐこちらを襲った時には、命を守る一つの手立てがある。それは、棒杭を雪中深く刺すのだ。そうして棒杭をありったけの力で握り締める」

「うん」

「へらのおかげで雪はわしの口のまわりを避けてくれる。わずかに息ができるのだ。身体は流されそうになるが何とか持ちこたえる。雪崩が収まったらすぐ雪の上に頭が出る。そこで慌てて雪を掻き分けて外へ出るのだ」

「熊は児を連れて春に現れるように」

「そうだ。生き返るのだ。そんな棒杭はなじみのあるしっくりした獲物だ。俺たちが自在に操れるのは当たり前だ」

それにしても奴奇知《ぬかち》の強さはこの二人に強烈な印象を残した。

「いや、俺などは大したことはない。あの賀夫良《かぶら》という男も大層強かった。さすがもののふというだけある。倭人のなかでは強い旗頭だろう」

「ねえ、あの人たちはどんな人たちなの」

と、児古売《こごめ》は左手を怪我した若者の姿を思い浮かべながら奴奇知に聞いた。

「物部の公とその一族はあの館からもっと南に入った処に住んでおる。白鳥を追ってきたのが最初で、わしたちよりももっと強く白鳥を神と崇めている。そしていろいろとわしたちの部族の生き方について教えてくれている。ここに来る途中に大きな冢《ちょう》があったろう。先代の梓邑の長を祀ったものだ。あの冢も、我が邑の冢もあの物部一族の手助けによって築かれた。だから彼らの住まいの近くを流れる川にも物部川と名づけられ、我らより一段高い地位にある」

「へーえ。それじゃあ奴奇知に左手を撃たれたあの若者は、その物部の長の息子なの？」

「そうだ。児古売は大分心配しておったようだが？　あれは棒杌が滑って左手に当たったまでのこと。それよりここ優嶝曇《うきたむ》にも大きな変化の兆しがある。これからは心していろんなことに処していかねばならぬ」

児古売《ここめ》はもっといろんなことを聞きたいと思ったが、それ以上は聞けないと思ったので止めた。でも考えなければならないことがたくさんありそうな気がしてきた。姉の夫の久《く》毛方《もは》ともうじき逢えることを喜んだ。久毛方ならもっといろいろ詳しく教えてくれるのに違いない。


三人はほどなく梓邑に着いた。児古売は姉の古売《こめ》の小屋に急いで、久しぶりの再会を喜んだ。新しい竪穴の住まいは幼児と乳の匂いでいっぱいだった。古売は子どもに乳を含ませながら児古売と話した。

「大姉」

「小姉」

とお互いに呼び合って、姉は父と母のこと、弟たちのことを、妹は梓邑での暮らし向き、古売の夫である久毛方のことなど聞きたかったし、二人とも話が尽きることはなかった。やがて準備ができたらしく、まだ日が暮れないうちに夕食に呼ばれた。久毛方の両親の家で饗《あえ》が始まった。児古売と安那、それに奴奇知《ぬかち》も食べていくことになった。久毛方も帰ってきていて、久毛方の父とともに食事を楽しんだ。久毛方は土産の鮎を誉めた。

「この鮎はすばらしい。それにしても豆寇邑にはいい鮎飼《あゆかい》がいるものだ。どうだ、この姿のよいことよ」

「そうだ。今年はいい鮎がたくさん捕れた」

と奴奇知が応えた。今年の稲の採れ具合も話題になった。鮎の焼いたものがこの日の一番のご馳走だった。噛み酒の杯も次々に干された。かいがいしく久毛方の母と古売とが料理を運んだ。古売はときどき子どもを見に行った。児古売は今日あったことをみんなに話した。まず一番は奴奇知の強さだった。

「それはそうだ。奴奇知は優嶠曇一強い男かもしれぬ。お前たちはいい男に送ってもらったものだ。怖いものは何もない」

「今年の冬は早いか」

「ああ、少し早いようだ」

「雪はいつ頃やってくるか」

「それは競うようにもうやってきている。白鳥ももうやってきておる」

「ほう、鴻鵠《くぐい》がもう来たか。それならあと少しだな。冬ごもりの準備はできたか」

「それはもうすっかりできておる」

「冬を越した後、優峰曇《うきたむ》はどうなる」

「今年の春に奇芽《あやめ》が咲いている処を見つけた。来年には田にできる」

「それはどこだ」

「心配するな。豆寇邑《つくむら》の近くではない」

「奇芽とはよく言ったものだ。自然に水が流れ溜まって田のようになる。そこに生える草だ。そこは開けばいい田になる。それを知らせる奇特な芽じゃ」

「稗だけでなく粟《あわ》もうまいからもっと穫れるようにしよう」

「いや、これからは稲だ。稲はうまいし粒も大きい。倉に仕舞えるから長持ちする」

「もたせるなら稗だ。稗は何年ももつ。いざという時も助かる」

「相津ではここよりももっと田が開けていた。よい稲が採れれば人が増える」

「そうだな。優峰曇はもっと人がいてもいい。しかし今のままでいいと思うことも多い。山や川に行けば獲物には困らない。神に従った生活をしていればそれでいいのではないか。我々男はやたらに動き回ったりせず、ただ祈りを大切にしていればいいのだ」

と奴奇知《ぬかち》は久毛方《くもは》をやんわりと批判したともとれることを言った。

久毛方は「ふむ」と一呼吸おいてから、

「それで、豆寇邑《つくむら》はどうでるのだ」

と酒を勧めながら聞いた。

「それは分からん。北や南の部族の動きも伺う必要があるし、今まで力を合わせてきた物部の考え方も糧《かて》にせねばならぬ」

「うむ。難しいの。詳しい話はまた後にしよう」

話が難しい処に差し掛かったので、二人の男は話を変えた。そして今度は安那の方に向いて山椒をたくさんふりかけた煮鯉を勧めた。

「安那の一家は気の毒なことをしたな。ときに母は何歳だ」

聞かれた安那は正直に答えた。

「兄弟の数は？」などと次々と聞かれた。

「安那は早く母を楽にしてやらねばならぬな」

「ええ」

「それにはどうすればいいのかも考えているのだろうな」

「ええ」

「まあ数日はゆっくり泊まっていけ」

と、久毛方《くもは》は何事も仕切って話を進めた。

安那は考えるべきことがたくさんあり、いつまでも悲しみにばかり浸ってはいられないと感じた。父がいなくなった今は母にばかり心配をかけてはいられない。誰か一家の面倒をみてくれる人をさがすか、自分がよい人を見つけるか、ともあれ、のんびりとしてはいられないことを痛いほど感じた。

奴奇知《ぬかち》は少し酔うと、

「よく喰った」

と言って立ち上がり、山刀を肩に担いで、うす暗くなった道を急いで帰った。

（四）

児古売《こごめ》は姉とも充分話したし、赤ん坊の顔もよく見たので、数日後安那とともに帰ることにした。児古売の空の籠には蕗の葉に包んだ焼き魚が安那の分も入っていた。二人は相談して、来た道とは別の道を通って帰ることにした。道々二人の話題は若い男のことだった。いま児古売の頭の中は物部知波夜《もののべちはや》のことが気になっていた。何故かは分からなかった。

二人は邑中の男の値踏みをして楽しみながら、梓邑から丹色根邑《にろねむら》へ向かった。児古売は話しながら、ぼんやりと考えた。

――それにしてもこの優嗜曇《うきたむ》をめぐる新しい動きとは何だろう。新しい動きを「今来《いまき》」というのだそうだ。「今来」とはどんなことだろう。何でも一つ一つの積み重ねが大きくなって世の中を動かすと聞いた。世の中を動かすには大きな力が必要だ。大きな力を感じるものは、あの大きな冢しか知らない。相津《あいづ》には「今来」の、もっと巨《おお》きな冢が築かれたそうだ。ここ優嗜曇の今までの冢はきちんと四隅があったのに、新しい冢は四隅がなく、円の形をしているという。円の形はどんな威力を持つものだろう。それはどんな違いがあるのだろう。一体この地はどうなっていくのだろうか。あの若者、あの物部知波夜はこの優嗜曇を動かす一方の力に深く関わる人だ。あの影のように寄り添う眼光鋭い賀夫良《かぶら》が少し怖い。あの物部知波夜に運命というものがあるなら、それはきっと大きな渦巻きのような形になっているに違いない。まるで私たちが大事にしている切抜文様と似ている。一つ一つの文様は蕨だったり蔓《つる》だったりするが、それを繋げると悪霊の顔のようになる。私に悪霊が入ってきた如く、あの人にも油断があれば入り込もうとする何かがある。運命の動きがあるとすれば、あの人はそれに巻き込まれないはずはない。あの人はそれと闘うのだろうか。それにしても誰と誰が闘うことになるのだろう。闘いはいやだ。その結果はきっと誰かが地下のあの世に行くことになるのだろう。

児古売《ここめ》らが出発した次の日、梓邑に丹色根邑《にろねむら》からだという使いが来た。使いはよく見知った顔だが、もう一人は初めての顔だった。それが長年《ながとし》だった。長年は梓邑の長の家に通された。

梓邑の長は国足《くにたり》という男であった。腹心の主だった男たちも呼び集められた。その中に久毛方《くもは》の姿もあった。国足の妻や久毛方の母など、女どもも話を聞いた。巫《かんなぎ》らも加わっていた。

「雪が降る前にやってきた。相津の家作りの時には屈強な者共を寄越してくれてありがとうござった」

「うむ。よく遠い処をごくろう。今は丹色根邑にやっかいになっているのか。名は何という」

「磯部《いそべ》長年と申す。磯部とは古くは石上部《いそのかみべ》と申しておった。代々物部《もののべ》の主を通して国に仕え、今は丹色根邑の長にやっかいになっておる」

「ここ優嶹曇の地は山に囲まれ、守るに堅く平和な処である。騒動の種でもならなければよいが」

と、国足は相談事を前もって牽制《けんせい》するように言った。

「いや決してそのようなことはない。我々は対等の付き合いを求めている。ここ優嶹曇の地はこれからいろんなことができる処だ。よき田が開けるであろう」

「いや我らはそんなに稲はいらない。山は深くて豊かだ。林のような脚をして、朝霧のような息を吐く大鹿もおる。そなたも行って獲ればよい」

「いや私は狩りの腕はそれほどではない。それに草薙の剣も持っておらぬ。これからは山での獣狩りよりも田での稲刈りであろう。ここを飢えることのない豊かな地にしたい。そのためにはどうしたらよいか……。ここ優嶹曇の地は山に囲まれているとすれば、閉ざされていることになる。ここは絶えず新しい風が吹き込むようにしなければならぬ。優嶹曇の地から東へ抜けて、阿武隈川という大きな川にでて見ることじゃ。広い地に稲が実り、稲は多くの人を養う。大きな冢が郷を見守る立派な景色だ」

「ふむ。挨拶はそのぐらいにしよう。ところで何を伝えに来たのだ」

と久毛方《くもは》が話題を変えた。

「これは丹色根邑の長からも約諾しての話だ。物部の大連《おおむらじ》はここ優嶓曇の地を大切にしたいと仰せられた。先の約束の如く、田を開くだけでなく、漢服部《あやはとり》、呉服部《くれはとり》の技、あかがねを掘る技、今来の才伎《てひと》の技を伝えよう。そしてこれも」

と磯部長年は鉄《くろがね》の固まりを差し出した。固まりといっても人の太ももの骨の形をしていた。みんな目を見張った。これがあれば溶かして薄く伸ばし、武器にも農具にも使える。なかなか得がたいものだった。

「ほほう。鉄挺《ねりがね》か。これはよい土産じゃ」

久毛方が喜んだ。

「これを得るために我らは力を合わせておる。海を隔てた加耶《かや》の国からこの鉄が出るのだ。一つ一つの郷の力では鉄は得られない。力を束ねて鉄を得るのだ。相津の勢力も我らの仲間に加わってくれた。どうか優嶓曇の力を貸してくれ。やがてここにも仲間の証しとして、相津のような巨大な冢が築かれることになろう」

「それはよい考えだ。鉄は強い。鉄を多く持つ者は油断ならない相手となる」

　久毛方は鉄挺を手でなでながらそう言った。

「その代わり、何を差し出せばよいのだ」

「もう一つの邑、豆寇邑への説きふせと、この地で跋扈《ばっこ》しているという外物部《そとものべ》との縁をきることだ。我らは本流れの内物部だ。外物部は大王家に逆らう者たちだ。それに既に才伎《てひと》たちが住み始めている空久津《あくつ》の地を屯倉《みやけ》として大王家に差し出してほしい」

「同じ物部ならどうして仲違《たが》いする。殺し合いでも始めてしまうのか」

「大きな流れを分かる者と分からぬ者との違いとでも申そうか。その違いは山よりも大きい。もっと言えばこの優嶹曇の部族が生き延びるかどうかにも関わる」

「申し出は分かった。考えておく」

　一同はすぐ答を出すことを避けて冬の間中に考えることにした。国足《くにたり》は辛抱強くみんなの意見をまとめ冷静に結びの句をださねばならなかった。それがどういうものになろうと大きな渦に巻き込まれることは必至だった。今年の冬はさまざまな話を集め、いろんな準備に費やす特別なものとなりそうだった。その中には当然、闘いの準備も入っていた。

（五）

児古売《ここめ》と安那は脚が疲れてきたので、清流の近くで休んだ。籠から蕗の葉に包まれた焼き魚を出して食べた。蕗の葉はさっと火に炙《あぶ》ると柔らかくなる。これは晴れた日に外で干したのだろう。陽の香りがする。秋が深まってきたので、陽の香りは懐かしい気がする。山は紅葉がやや峠を越したようで、色が褪せ、くすんできた。梓邑を後に二人は、細かい山襞《ひだ》の裾《すそ》を縫《ぬ》う処を歩いていた。今まで歩いてきたのは梓川に沿う道だったが、下流に行くに従ってその川幅は広くなっていく。この川を渡って西へ向かうと丹色根邑《にろねむら》で、その向こうに豆寇邑《つくむら》があるのだが、なかなか渡る処を探せなかった。やがてもう一つの川との合流地点にたどり着いた。ふと安那が遠くに人の姿を見つけた。川の中で何かを捕っているらしい。近くに行くと一人の中年男が川の中で箕《み》を振るっている。安那が挨拶をして問いかけた。

「何を捕っているの？」

男は箕を振るうのを止めて、やや吃驚したように声のした方を振り返った。

「泥鰌《どじょう》だ。川が温《ぬる》んでいるうちに捕らないとな」

と答えた。二人の乙女がどんな大きさの泥鰌か確かめようとすると、魚篭を隠すふうがあった。児古売はめざとく泥鰌とともにきらきら光るものが泥の中にあるのを見つけたが知らん振りをした。

「丹色根邑はどっちの方？」

と安那が男に聞くと、男は西の方を指差したので、二人はそっちの方に歩き出した。

「無愛想な人だね」

「うん。何か隠し事があるみたいだ」

と児古売が頷いた。川の下流に沿って歩き出し、男の姿が見えなくなると、児古売は早速川に入って泥をすくい、そこから丁寧にきらきら光るものを数粒探し出した。

「これは何だろう？」

「とてもきれいなものだ。児古売のお守りにしたら？」

「それぐらいにするにはもっともっと集めないと。でもそうしたら日が暮れるよ」

児古売はそう呟くと、集めた粒をそっと広い葉に包んで籠に蔵った。

もう少し川の下流に出てみると、そこは広大な湿地帯になっていた。葦が生い茂り、蜻《とん》蛉《ぼ》が舞っている。遠くの山陵の麓まで続くぬかるみだった。湿地帯の端は畦《あぜ》になっていてそこが田になっていることが分かる。刈り取りはもう終わって、取り残した長い穂が藁《わら》になって湿地に浮いている。田の近くに丸木舟が繋いであり、この湿地では人々のいい足になりそうだった。

遠くに目を移すと、葦の途切れた処から水面が広がり、湖になっているのが分かった。そこにも丸木舟が出ていた。大分遠い処にあるその舟をよく見ると何か様子がおかしい。遠くで手を振っているようだが、何か危険な目に遭《あ》っているらしい。手を勢いよく振ったり上げたり下ろしたりしている。勘のいい安那が叫んだ。

「子どもたちだ。何か言っている」

「何て言ってるの？」

二人は耳を澄ました。

「……」

「よく聞こえない」

「……！」

「おーい。おーい」

二人が再び耳を澄ますと、かすかに何か聞こえた。

「助けてと言ってるんだ」

「流されたんだろうか。小さい子どもたちだ」

「あそこの舟でそばまで行ってみよう」

と、二人は田の近くの舟に乗って櫂《かい》で漕《こ》ぎ出した。精一杯漕いで子どもたちの舟に近づいていくと、はっきり聞こえた。

「早く、早く、お姉さん」

「助けて」

と口々に叫んでいる。子どもたちは三人だった。子どもたちの舟は浸水していて、あわててしまって櫂を流したようだった。

児古売《こめ》と安那は三人の子どもをしっかり抱きかかえて自分たちの舟に移し、泥田に戻った。舟から下りても恐怖で泣きじゃくる子どもたちを、送っていこうということになり、子どもたちに道を聞きながら歩いた。児古売と安那も気が昂ぶって、送っていかないことには収まりそうもなかった。方角は大谷地を横切って東、つまり川の上流の方に五人は歩いていった。そこは低い山と山の間が平坦になっている。川は流れを弱め、よどんだ処に流れ木や枯れ枝や芥などが溜まっていた。その近くに集落が出来ている。柵列で囲まれた広い屋敷地が一つと、別の処には児古売《こごめ》たちの家と変わりないものが建っている。

「あっ。ここは」

自分たちの邑とどこか様子が違うので、児古売はここが空久津《あくつ》という処だと分かった。そこは渡来の人々が住んでいるという。好奇心が旺盛な児古売は注意深く辺りを見回した。

三人の子どもたちはそれぞれ別々の家に入っていった。そのうちの一人は柵列で囲まれた大きな屋敷に入っていった。これで一安心と、児古売と安那は帰ろうとした。

そこへ子どもの手に引かれて大きな屋敷から老婆が表に出てきた。そして帰ろうとしていた二人に、

「もし」

と声をかけた。二人は当然のこととひと言礼を聞いてまた帰ろうとしたが、どうしても老婆が袖を持って離さない。そのうち別の子どもの家からも人が出てきて、児古売と安那は大きな屋敷に入ってもてなしを受けねばならなくなった。老婆は屋敷で改めて礼を言った。

「これはこれは親切なことをされて、児は宝よ。どこの人じゃ？」

「豆寇邑《つく》です」

と、児古売は答えた。

「おう、ここから西へ少しだな。そこの人とは……」

一呼吸おいて記憶を探り、

「まだ知り合った人はいないな。しかしもうじき知り合いになる人がいる。磯部の公の嫁はこの地から選ばれる」

と続けた。何のことか分からずにいると、やってきていた娘の母親が聞いた。

「婆、夜麻は？」

「それは丹色根邑の人じゃ。あれは商いが目当てだ。おうそうだ。このよき人らに仲良くしてもらおう」

「はい」

「我ら秦《はた》一族は請われてこの地にやってきたが、ここはなかなかいい土地じゃ。我らは大王家の屯倉《みやけ》に関わる仕事を為しておる。何もないが、この味を試してくれ。ささ召し上がれ」

と老婆は白く濁った酒を出した。児古売《ここめ》はいつも少しだけ飲んでいる噛《か》み酒と違う酒に面食らった。児古売の邑の噛み酒は処女だけ集められて口をよく漱《すす》ぎ、よく噛んで発酵させる。この濁り酒はどうやって作るのだろう。この邑の精霊はどんな味だろうと児古売は考えながら飲んだ。

「濁醪《だくろう》という酒じゃ。甘くて強い」

「ほんに、おいしい。これで帰りの足取りも楽になる」

と児古売が言っている間に、屋敷の主人が帰ってきた。

「秦伊奈富《はたいなとみ》じゃ。婆から聞いた。礼を言う。我が家の小さい児と御田《みた》の倅と吉志《きし》の娘だ。こんなことを繰り返していると、世間知らずに育ってしまうぞ」

秦と名乗った男は周囲に苦情をこぼすのを忘れなかった。

「おう濁醪を馳走しているのか。甘いだろう。よし我も共に飲もうぞ」

と、酒の肴も持ってこさせて振舞いが始まった。

「あの児はわしの年がいってからできたかわいい児じゃ。よく救ってくれた」

秦伊奈富はそうしんみり言うと、婆にあれこれ指示を出した。

早速、老婆が部屋の北の端に行き、そこにできている大きな空洞で火を点けた。

「あれは何なの？」

初めて見るものに興味を持った児古売は、そばまで行って見た。安那もついてくる。老婆は、

「これは竈《かまど》と言って飯《いい》をこしらえるものじゃ」

と説明した。煙出しがあらかじめ造ってあって、煙は戸外へと誘導される。

「煙が外へ出ていく！」

「煙くない！」

二人はびっくりして声を出した。これなら大きな火を使うこともできる。これでどんな飯ができるのだろう。二人は目を丸くして改めて部屋の中を見回した。部屋の中をきょろきょろ見回すのは失礼にあたるのだが、こんなに珍しい出会いなら仕方がない。早速大きな貝が置いてあるのが見つかった。

「ああ、これはな、那楽《ながく》というほら貝じゃ。音が遠くまで響くので人を集める時に使う。今吹いてもいいが、人が集まってくるので無理じゃ。おうそれからこれは娘には一番気にいるだろう」

と取り出したのはつやつやした布だった。

「これは何か分かるか？」

聞かれて児古売《ここめ》はその布を受け取り、手触りのよさに驚いた。

「これは絁《きぬ》か！」

「ほう、よく知っているの。さすがは年頃の娘じゃ。これは我らが者が織った上等の絹じゃ。漢服部《あやはとり》や呉服部《くれはとり》の織った布にも決してひけをとらぬぞ」

「何というこの艶、そしてこの色であること！　今まで見たこともない」

安那が感嘆すると、

「そんなに驚いてもろうたなら嬉しい。ではこれを倅どもを助けてもろうた礼に差し上げよう」

と秦は二切れの布を差し出した。小さなものだったが、二人はとても喜んだ。

「これならいつでも湖に行ってみます」

と安那は冗談を言った。

「飯が出来た」

と、嬉しそうな顔をしながら、老婆が炊き上がった飯を持ってきた。

「何とふくよかなこと」

児古売は呟きながらその飯を口に運んだ。粟と一緒に炊いたその飯は今まで食べたことのないふっくらとした味だった。

「稲ってこんなにおいしかったの」

「べちゃべちゃした粥しか知らなかった。甑《こしき》で作った強飯《こわいい》は食べたことがあるけど、こんなに一粒一粒の米がおいしいとは」

「そうじゃ。稲はおいしいものよ。粟もおいしいが、穫れる量《かさ》では稲の比ではない。稲は大勢の人を養える。あの大谷地から水を少しずつ退くことができれば稲の穫れる田ができる。そういうことにも手をだしたいものだ」

それを聞いた児古売らは、それもできないことではないと思った。

「我らは丹色根邑の王から請われて来た者じゃが、倭《やまと》の大王からも許しをもらってある。我らの一族は大きな川に堰《せき》を築き、川の流れを分散させて荒地に導いたこともある。水のない処に大溝《おおうなで》を穿《うが》ち、水を導くこともある。水は多いようで足りない処には足りないものじゃ。水をうまく配れば産物を得ることができる。ここは天地水明の地じゃ。周囲を山に囲まれた穏やかな地じゃ。ここを我らだけでなく、熟《にぎ》の人々も、すべて住もうとする人々の天地にしようと思う。そういうことには人の力がいる。あの児らも大事な児だ。助けてくれてよかった」

児古売《こごめ》は熟という言葉はよく分からなかったけれど、なんとなく自分たちを示している言葉のようだった。ふと気になったことがあって聞いた。

「ここに来る途中で、川で何かきらきら光るものを採っていた者がいたが、あれは皆の一族か」

「ほほうそんな者がいたか」

秦《はた》はふと狼狽したような口調になった。

「それは我らの犬じゃ」

「犬？」

「そうじゃ。我らの者に違いない。山や川であかがねを探しておるのだ。それらを犬という。おそらくそのきらきらするものはあかがねの滴だろう」

児古売らはもっと聞きたいことがたくさんあったが、一度にたくさんのびっくりするようなことを聞いたので神経が張り詰め、おおいに満足してそろそろ帰ることにした。

秦とその児らは邑の出口まで送ってくれ、最後に塩の入った壺を土産に持たしてくれた。

「我らの一族は塩も作っておる。吉志《きし》という者が遠くから運んでくれている。この壺は上質の塩じゃ。母への土産にしてくれ」

と言った。更に、

「あれはあかがねじゃよ」

と児古売に念を押した。児古売はそれを聞いて、

——ああ、あれはあかがねではなく、もっと貴いものに違いない

という気がしてきた。

——あのきらきら光るもの、あれはいったいなんだろう。でも私には分からないし、私たちには意味もない。それよりもあの光る稲のおいしさ、確かに粟よりももっともっと穫れ、多くの人々のおなかを肥やす。熟と呼ばれた私たちはあの人たちに比べると何も知らない。私たちの神はどう思っているのだろう。もとより遠慮深い神だから仕方がないが。これからはどんな世の中になっていくのだろう。

児古売はふと悪霊にとりつかれたことを思い出した。新しく妖しいことを知っているあの人たち、渡来の人々というのは私たちにとって悪霊なのではないか、とふと思った。

児古売《ここめ》はすぐそれを打ち消そうとしたが、心にわだかまりは残った。

児古売と安那は急いでいたので丹色根邑を素通りして、夕方に豆寇邑に着いた。家で話すことは山ほどあった。塩や布切れはたいそう評判になった。児古売らはいつでも遊びに来い、と秦公に言われたのが一番嬉しかった。

しかしもっと嬉しいことがあった。次の日奴奇知《ぬかち》と会った。そして物部知波夜《ちはや》が腕の手当てに貸してやった布を返しに来たことを知った。児古売はその時心が揺れ動くのを感じた。

第四章

龍王の列

（一）

児古売《こめ》は自分たちの住んでいる豆寇邑《つくむら》の館《やし》に物部知波夜《ちはや》がやってきていることを聞いて胸が躍った。知波夜は奴奇知《ぬかち》と技を競うために来ているのだが、豆寇邑を外物部の味方にさせるためにも来ているらしい。そうだとすれば知波夜は供の賀夫良《かぶら》と一緒に何度も来るに違いない。児古売は知波夜のすばやい身のこなしを思い出していた。よく鍛えられた羽根が生えたような脚、鋭い直刀の突きと振り、後ろへ下がる時の捌《さば》きなど思い出すごとに引き込まれていった。そして必死の形相。奴奇知はそれを太い棒杭で打ち砕く。

児古売は奴奇知がだんだん憎らしくなってきた。そして知波夜に同情した。あんなに太い男に立ち向かうとは。勝つ見込みはあるのだろうか。

児古売は奴奇知と戦う知波夜をいろいろと想像してみた。しかし、どのように戦っても荒脛巾《あらはばき》と言われた奴奇知には勝てそうもなかった。そのうち奴奇知の一撃が知波夜を襲う。

児古売は知波夜を可哀相に思った。少し血が滲んでいる。これも空想だ。児古売の想像では知波夜《ちはや》の腕にはもう児古売《こめ》の領布《ひれ》が巻いてあった。その領布には児古売の思いがこもっていた。痛々しい知波夜が必死の形相で打ちかかる。その勢いに押されて奴奇知《ぬかち》が大きくのけぞる。そう想像してしまう。

児古売はそれだけで充分だった。知波夜にも勝つ機会はある。そう考えることができただけで満足した。それ以上血なまぐさいことを想像するのは嫌だった。知波夜から奴奇知を通して返された領布はここにある、と児古売は自分の胸を押さえて微笑んだ。

この日も物部知波夜は豆寇邑の藤ヶ森館に来ていた。知波夜の傍にいつもぴったり付いている賀夫良《かぶら》と、それに見慣れない三人連れの男がいた。

「ここは広い館じゃ」

と、賀夫良が言っている間に三人連れの男はこの館を値踏みするように、いそいそとあちこちを動き回った。それぞれ短い弓を持っている。髭は濃く精悍な顔つきだ。

「敵を迎えるのには最もよい館だ。ここならありったけの力を出せる」

賀夫良がそう言い続けると、三人連れもお互いに顔を見合わせながら考えを巡らした。

「ここは戦場《いくさば》にはさせん」

と傍らで言ったのは奴奇知だった。一緒に来ていたのは豆寇邑の主だった者たちだ。

「ここにいるのは北の部族、本物の荒脛巾じゃ。知っておろう。皆と同じ部族じゃ。文様で分かるだろう」

と、賀夫良は三人連れを指し示した。

奴奇知と一緒に来ていた児古売は三人連れをよく眺めた。姿かたちは自分たちと同じで、木の皮でできた厚刺《あつし》を着ている。その切伏模様を児古売は美しいと思った。この美しいものを身にまとう者たちを人々は美衣《えみし》と呼んだ。

「彼らは皆が戦う場合は味方すると言っている。狼煙《のろし》を挙げればおもむろにやってくるそうだ」

と、賀夫良が言うと、三人の荒美衣は弓を大きく掲げた。

「待ってくれ。我らは里で生きていくことにしたのだ。そのためにはここの美衣たちが力を合わせていかねばならぬ。我らだけで決める訳にはいかぬ」

「奴奇知よ、なにを弱気なことを言っている。倭《やまと》の手先がすぐそこまで迫っておるぞ」と言ったのは物部知波夜だった。知波夜は続けて、

「いかに勇猛な美衣でも里に生きようとすれば力を失う。それを倭の手先は熟《にぎ》美衣という

て、この三人連れのような荒美衣《あらえみし》と別れさせようとする」と言った。

「ふむ。しかし彼らの風を取り入れなければ多くの稲を手に入れることはできぬ。仲間も増えない。戦えば十数年は持つだろうがそのあとに残るのは何だ」

知波夜《ちはや》はこう反論した奴奇知《ぬかち》に対して、

「倭《やまと》は初めは共に連なろうと呼びかけるだろうが、時が至れば乗っ取りにかかる。人は大きな力を得ればどこまでも大きくなろうとする。王である間はいいのだが、王の王、そう倭はもう大王《おおきみ》という、我々には手が届かぬ物を作りおった。われらの一族にも恥ずかしながら大王に手を貸し続けておるのがいる」

ここで奴奇知も頷きながら、

「人は人じゃ。どこまでも大きくなった人は人とは言わぬ」と言った。

「この辺の冢《ちよう》もどんどん大きくなる。倭の冢はさぞかし人も見えぬほど大きくなるだろう。王が大王になるにつれて人も大きくなり過ぎてしまうのか」

と、賀夫良《かぶら》も慨嘆した。

この人たちは秦伊奈富《はたいなとみ》に言わせれば「荒美衣」であり、山で生きていくためのあらゆる知恵と力を持っていた。里で生きていく者たちは「熟美衣《にぎえみし》」と言われ、山での狩りだけでなく、田を耕した。暮らしぶりも美衣の伝統と倭の風を取り入れ長い時が経っていた。

「これから優嶠曇《うきたむ》はどうなるのか」

「この年は荒れるかもしれぬ」

と豆寇邑の者たちが呟くと、

「ならば祈りを捧げよう」

と物部の一族が答えた。

「それがいい」

物部の一族と豆寇邑の者たちは一つになって藤ヶ森の館からさほど遠くない犬川のほとりに向かった。道のまわりの木々も紅葉はすっかり色あせ、朝夕の霜で萎れていた。いつ白いものが舞ってもおかしくない季節だった。

一行は犬川の流れが大きく蛇行して淀む処にたどり着き、そこで祈ることにした。物部の一族に巫女が一人付いていたが、その巫女が先に岸で場所をしつらえた。草を刈った男どもは流れる水を口に含んだ。児古売《ここめ》らもそれに倣った。次に流れる水に男どもは身体を浸した。離れた木陰で女たちもそうした。禊《みそぎ》を済まし、身体を衣服で覆うと祈りが始まった。物部の巫女は次々に石に手を触れ、七つを選んで流れる淵に並べた。そこへ物部知波《ちは》夜《や》が剣を抜き、うやうやしく石の上に置いた。賀夫良《かぶら》が静かに呪文を唱え始めた。

水給え、雨降《あも》り給え、神立《かんだ》つ
雷《いかづち》給え、雪降り給え、神立《かんだ》つ
優嶠曇にこそ鎮《しず》み給え、龍王

これを三回繰り返し、皆は頭を垂れて優嶠曇の平らかな安らぎを祈った。

（二）

児古売《こめ》は物部の一族と会った時に、知波夜とは二、三度声をかけ合った。知波夜に会って思いを打ち明けようとしたが、邑の大事な時に浮わついたふるまいなどしていられないという気でいた。ましてや知波夜たちは邑の敵になるかもしれない。そんな難しい立場が児古売を引っ込み思案にさせていた。でも若い心はどうしても抑えきれず、児古売は知波夜に会う時に精一杯のはにかんだ表情をしてしまう。知波夜は自分の前で恥ずかしそうにしている児古売を見て、最初は若い娘の癖だろうと思ったが、やがて微笑む娘の愛らしさに気づいた。

「そなたたちも水への祈りは欠かさなかっただろう」

「ええ、私たちの水の神は弥都波能売《みつはのめ》といい、汚れや金物を嫌う」

「それは私たちの神も同じようなものだ。龍《たつ》の王が川上に棲み、馬を好んで川下に姿を現すというから、馬を捧げることもある。日照りがひどい場合だ」

「それなら私たちも熊を捧げる祭りを持っている」

「知っている。尊い祭りだ。そんなに違いはない」

「……太刀を捧げたのは何故」

「龍の王は馬ばかりではなく太刀も好む」

「それなら戦も好むの」

「戦にならぬよう祈るのだ」

「……」

「もうじき雪が降るな」

「ええ」

「何事もなく冬を越せればよいが」

「それはもう。備えはしっかりしてある」

「それはよかった。我ら一族は冬を越してもどうなるか分からぬ」

「……」

ややあって児古売《こめ》が、

「先ほどの祈りが通じれば……」

と慰めると、

「そうすればゆっくりとこの大地に根を張ることができる」

と知波夜《ちはや》が答えた。二人はお互いに目を見つめあったが、児古売は恥ずかしさのあまりすぐに駆け出してしまった。

葬《とむら》いのような騒がしい音が聞こえてきて、児古売は思わず外へ飛び出そうとした。そうしたら父がさえぎった。

「娘は出るな」

父の、いつもと違うもの言いに児古売はびっくりしながら従った。父の声の響きには不気味なものがあった。児古売は出口の筵《むしろ》のすき間から恐る恐る外界を覗いた。うなり木が木枯らしに共鳴して不気味に響いていた。数十人の男どもの群れが何かわめきながら列を作って歩いていた。手に幣《ぬさ》を捧げ、鼓を打つ。声を合わせたと思ったら一斉に手で拍つ。舞い踊る者がいて、それは列からはみだし少し遅れる。やがて皆も踊るのではみ出した者は追いつく。鮮やかな色の薄物を身に纏《まと》う巫女も数人混じっていた。

児古売はこの人たちが一体どういう人たちで、何のために歩いているのかさっぱり分からなかった。ただ鮮やかな衣を身に纏う巫女たちに魅せられ、じっと目を凝らしていると、その中に見知った人がいるのに気づいた。それは山で菜を採っていた時に見かけた不思議な舞を舞っていた女、依刀自《よりとじ》だった。あの時と同じ姿だ。額には霊鳥の形をした冠をし、簾を垂らす。やや大柄で見事な舞を披露するから、他の巫女たちと違いが出てくる。この狂気のような一行の中にあっては冷静で、いわばこの一行を導いているようだった。

一行は丹色根邑の方角からやってきて、あっという間にこの豆寇邑を通り過ぎていった。

——行く先はどこだろう。

児古売《こごめ》が不安に思った通り、その行く先は梓邑の近くらしかった。児古売はこっそりとこの一行の跡を追った。一行は人家から離れるとゆっくりとした足取りになり、休みながらも進んだ。しばらくすると白鳥が羽を休める川の淵を過ぎて、物部一族が住む近くまでやってきた。そして再びけたたましく狂乱の態を見せて、一行は踊り始めた。そして踊りながら道を外れ、畑を荒らした。あらかた野菜の穫り入れは済んでいたが、果実は荒々しくもぎ取られ、打ち撒けられた。畝《うね》はさんざん踏み荒らされた。濁流のように蠢《うごめ》く一行は、まだ足りぬようにあたりを物色した。

物部一族の者が屋敷から飛びだしてきた。この一帯を防衛するためだ。てんでに武器を持っている。それを見ると踊り狂った一行は静かになった。一行は物部一族を厄病神のように思って恐れおののき、一斉に後ずさりはじめた。しかし体勢を立て直すと幣《ぬさ》を先頭に物部一族に近づいていった。口々に何か呟きながら嫌な表情をしてみせると、一行はくるりと反転して、行列の行先を変えた。物部一族はただ遠巻きに見守るだけで手出しはしなかった。が、これが初めてのあからさまな敵意を持った挑発だった。

一行が去った後に雪が舞い降りてきた。積もるかと見えたが地の熱ですぐ消えた。やがて大風が続くようになり、寒さが身に沁みるようになった。それからようやく雪が降った分だけ積もるようになった。二、三度、融けては積もるのを繰り返し、山ばかりではなく、すっかり雪が田を覆うと後は寒さとの闘いばかりが待っていた。一旦雪が降ると、雪の群れは勢いのいい精霊となった。精霊は早く邑にたどり着きたいと、競うように降ってきた。家屋の戸口はすっかり閉じられ、火は勢いを増した。大風は何でも飛ばした。枯れ葉と小枝がすっ飛び、用のなくなった鳥の巣や細かい砂や土くれも児古売の頬をかすめた。ざわざわと木々がわめき、遠くの大きな冢から不気味な音が聞こえそうだったので、児古売の父は急いで鎌の刃を戸外に出した。そして鎌の刃を風の吹く方角に向け、呪文を唱えた。

——風の神よ、そんなに吹くのなら、この鎌の刃をまたいで行きたまえ
　この邑をまたいで行きたまえ

しかし風が収まらないと、もう一度呼びかけた。

——風の神よ、そんなに吹くのなら、この鎌の刃があなた様の妹の裳裾《もすそ》を裂きますよ

風はそれでも収まる気配はなく、児古売《こごめ》の父は仕方なくこの鎌の刃を戸の側に結わえつけた。こんな大風が数日続き、少しの火を焚いてもなかなか体が暖まらなくなって、雪がまた積もりだした。風が止んで、音もなく雪が降り出すと、女たちは織物に夢中になっていた。そんな中、あの一行は空久津《あくつ》の奥の夜止代《やとしろ》からやってきたのだという噂がたった。この大風もあの一行がもたらしたものだという。夜止代には大きな岩があり、その岩陰で火の儀式が行われるという。それに夜止代の巫女は、時々人を誑かすそうだ。しかし彼女らの占いはよく当たると聞いた。妖しい術を使うとも聞いた。それなら物部も負けてはいまい。どちらの呪力が強いか。太刀を飲み込んだ龍王が嵐とともに夜止代に向かうか。それとも踊り狂う人の群れが大風を起こして梓邑を巻き込むのか、人々は恐れた。

児古売は母から歌を習い、男たちもマキリで木を刻んだり縄を編んだりした。晴れた日は近所の数家族で兎狩に出かけた。児古売の弟たち、阿弥羽《あやは》や洲弥羽《すみは》はことのほか喜んでワラダを振るった。二人は弓の腕前も大分上達したようだった。

その後もあの忌まわしい行列が行過ぎた。噂によるとこの行列は日を決めて行われ、何回目かの行列には、準備が満ち足りて、神への生贄《いけにえ》が選ばれるのだという。何でもこの行列が初めて出遭った乙女を連れて行くらしい。児古売はそれを聞いてすっかりおびえてしまった。それはいつなのか。この噂が広まると、若い娘のいる家は固く戸を閉じた。これを龍王の列というのだそうだ。邑の人々にはよく理解できずについていこうとする人々も増えた。もともと邑の人々は、大勢で酒を飲んだり騒いだりするのが好きだ。何かおもしろいことが起きそうだったのだ。ぐんぐんと行列が続いた。表立った衝突は起きなかった。外物部一族が無視したのだ。しかしそれ以外はどんな解決策があるのかそれは誰にも知られなかった。また外物部一族の近くの畑が荒らされた。

児古売はよく晴れた日に安那を誘って空久津に出かけた。秦伊奈富《はたいなとみ》や人のいい媼や子どもたちと遊ぶためだった。それから邑を横切っていったあの忌まわしい騒ぎが、いったいどんなことなのか、どうなるのか、その手がかりを得ようと思った。父や奴奇知《ぬかち》が言うには、あの行列は丹色根《にろね》の者たちが関わっている、丹色根の長は、すでに心を決め物部一族を追い出しにかかっている、ということだった。豆寇邑ではいますぐどうということはないと見て、静観するばかりだった。児古売《ここめ》は物部知波夜《ちはや》のことが案じられて仕方がなかった。

——私は福《さきわい》なのか。それともそうでないのか。

——私につながる人は私から離れていくのか。福は去っていくのか。それとも……

児古売は知波夜の影に暗いものを見出し、それが自分を巻き込んで黒い淵に沈もうとするのかと考えて思わずぞっとした。そんな想念を振り払うにはよく考えることだと思った。自分に福が来ないのなら、龍王に選ばれて生贄になってしまうのか。この身体を切り刻まれ、崇り神に饗《あえ》られてしまうのだろうか。それを、何でもよく分かる秦伊奈富《はたいなとみ》に事情を聞こうと思った。

（三）

児古売と安那は土産の兎を持って空久津に向かった。空久津では秦伊奈富と媼や子たちが快く出迎えた。

「あれは夜止代《やとしろ》の巫女たちだ。ここも通っていった」

と秦伊奈富は騒ぎを知っていた。

「しかし夜止代の者たちだけではない。丹色根の者たちも加わっておった」

と秦伊奈富は案外正直に言った。舌打ちしながら、

「わしは騒ぎは好まん。もっと違う手がある」と続けた。

「これからこの優嶓曇の郷はどうなるのか」

そう聞いた安那には、

「近いうちに大きな茶論卦《ちゃらんけ》がある。この優嶓曇に関わる者なら誰でも出るのは拒まれぬ。わしも出るつもりだ」

と秦伊奈富は答えた。

「その時に」

児古売は自分たちを覆っている暗雲が一気に晴れるかもしれないという期待を持った。しかし同時に物部知波夜の一族はどうなるのか、また彼らが言うように倭の力が及んでくるとどうなるのか心配の種は消えなかった。何か大きな定めとでもいうものが渦を巻いてこの地を窺《うかが》っているような気がした。

児古売《こめ》は笑われないかと気にしたが、思い切って秦伊奈富《はたいなとみ》に尋ねることにした。

「龍王の列とはどんなものか」

「ふむ。わしが見たところ、邪宗じゃ」

「初めて逢った女を、乱暴にかどわかすとか……」

「そうじゃ。しかし殺すのが目的ではない。祟《たた》りする神にいっとき差し上げてから、穢《けが》れをつけて邑外れに追いやるという」

「まあ、おそろしい」

「そう。愚かなことじゃ」

「その人はどうなるのか」

「穢れをつけられたからには、どうしようもない。男どもに乱暴に扱われて大きな怪我をすることもある。そうでなくとも、その者には大きな災いがふってくる。たとえばそれからほどなく死んだりする。可哀想だが、短い命で終わるのじゃ。それから家の者たちの不幸も起こる」

「それは困る。何か逃れる手立てはないのか」

「うむ。ちょうどよかった。わしはそなた方に仙人《やまびと》になってもらいたいと思っておったところじゃ」

「そうすれば祟り神の生贄にならずに済むのか」

と、今まで黙って聞いていた安那も勢い込んで尋ねた。

「そうじゃ。龍王の列には決まりがあって、誰でもかどわかしていいものではない。巫女や仙人は除かれる」

「まあ、仙人とはどんな人なのか」

「霞たなびく高山に棲み、霞を食べて大日々《おおひび》に生きる人じゃ。たとえその人が亡くなっても、その人の身体はいつのまにか蝉の羽を残すばかりになり、消えうせてしまう。修練すれば不思議な術までも使うことができるようになると言われておる」

「それなら仙人になるにはどうしたらいいのか」

「まあ、わしを信ずればよい。今から言うことに従ってほしい」

「はい。どんなことか」

「この地にもためになることだ。実は新しい織機を持ってきたのだが、それを試してみたい」

「おお、布を織るのか。それはどのような」

児古売《こごめ》が早速興味を示した。

「奥の部屋に置いてある。丁度二台あるから明日からでも来て使ってみてほしい」

「前に美しい切れを戴いたことがあった。あのようなものが織れるのか」

「そうじゃ」

「それなら喜んで」

と児古売と安那は顔を見合わせて頷いた。高山に登るということで、さぞかし厳しい修練が待っていると思っていたから、思いのほか好きなことでよかったと、早速とりかかることにした。

「わしはな」

と今までと口調を変えて秦伊奈富《はたいなとみ》が話した。

「こう考える。この地は豊かな地じゃから、さまざまな人が住もうとする。今までは山に阻まれてこの地にたどり着こうとしてもなかなか大変であった。しかしそれもやがて広い道が開かれるようになるじゃろう。そうすると争いが起きる。争いのない処とはどんな処か。ここより遥か南の地に常陸《ひたち》という処がある。日が立ち上《のぼ》る処じゃ。ここは常世《とこよ》の国になぞらえた豊かな郷じゃ。常世とは仙人の住む国と考えてよい。常世の国から流れ来る黒潮のおかげで海の幸に恵まれ、広い郷にも山にも幸が実る。ここには争いがない。それは豊かでみんな分を弁えているからじゃ。分を弁えるためにはしっかりした信念を持たねばならない。そなたたちにも大切にしている教えがあろう。それをもっとしっかりしたものにすればよい。そうすれば心が豊かになる。ここは明くる日々にこの地より北に騒乱あれば兵《つわもの》のための大いなる倉になろうぞ。この優嶓曇の郷も海つ道に近くもっと拓けばもっと大切にされる。もしかしたら常陸よりも優れた地になれる。それを秘めた地だ」

「そこでだ。わしはこの地にさまざまな業を興そうと思う。それの手始めが機織じゃ。わしの持ってきたこの織機で民の使える布を広く作ろうと思う。豊かさとは民の豊かさじゃ。織物にしても呉服部《くれはとり》や漢服部《あやはとり》のような見事過ぎるものではなく、誰でも身につけることができるものを作るのが一番じゃ」

児古売はすぐにでも「はい」と言いたかったが、今の秦伊奈富のことばに反応したかったことがあった。

「大日々に生きるとはどんなことか」

「それは年をとることがなく、いつまでも若くいられることじゃ。不思議なことじゃが、飢えることなく、腹がくちることもなく毎日歌をうたい、好いた人と暮らせる」

「それにはどうすれば」

と再度児古売《こごめ》が聞くと、その真剣さに打たれて秦伊奈富《はたいなとみ》はこう話した。

「まず籠《こ》もることじゃ。つまりどんなことがあってもしっかり耐えること、独りになることだ。そなた方に機織を勧めたのはそのせいもある。まず初めに神に捧げる衣を、つまりは剣の首《つか》に巻く絹を織ってもらえぬか。実は夕方に来て朝方まで織ってもらいたい。神に捧げるものを織る時は誰にも姿を見せてはならぬことになっている。夜が明けたらうまい粥を進ぜよう。何月か通えば織ることができる。そうしたら大日々に生きる仙人になる術を教えよう。仙人になれば今度はどこへでも行ける。旅ができる。命の限りにかかわりなく思う存分探そうとするものを探すことができる」

このように伊奈富に言われると二人は断る口実を考えることもできなかった。黙って「はい」としか言えなかった。邑にこの新しい機織の技を持ち帰ることができれば邑も豊かになる。絹を織れば毛皮などよりもっと喜ばれる。寒い冬を乗り切るために暖かい布はいくらあってもよいし、もっと別のものに換えることもできる。それに仙人になれる術も教えてくれると言う。

「わしが教えることはもっとある。二人は大事な邑の生娘じゃ。織物に携わるにはしばらく物忌みをしてもらう。この先の丹色根の邑に人を葬る処がある。知っておろう」

「はい」

「わしが思うに丹色根《にろね》とは丹色に光る根の国じゃ。根の国とは死の国のことじゃ。そこに住むのは不吉な鳥とか根住《ねず》み、茂暗《もぐら》の類じゃ。しかしばらくそこで籠もり、決まりを守ると夜見還《よみがえ》ることができる。あの日輪も同じだ。毎日地下に籠もっては夜見還る。熊や蛇も冬を越して春に夜見還る。ゲロゲロと鳴く還《かえ》るはそのままの名になっている。人もそうなのだ。わしの言う通りにすれば何も恐れることはなくなるのじゃ」

「はい」

半ばを信じ半ばを疑いながら児古売と安那は聞いた。児古売は秦伊奈富の話を聞きながら暗いときの記憶がよみがえってきた。

「私は不思議な井戸を知っている。人を吸い込むような底にいろんな人の顔が見えたことがあった」

「それはいけない。そこに入りこんだら大変だ。冷たい井戸ではなく温い泉に出会え。泉はそなたの知らないどこかに通じているものだ。そうだ、丹色根の近くには川が流れていよう」

「はい。弥都波能売《みつはのめ》という水の神を祀る川が流れている」

「うむ。そうじゃ。その川の近くに小さな茂《も》がある。そこから変若水《おちみず》が湧き出ている。その水は川に注ぐのだが、注ぐ前にその水を浴びるがよい」

「禊《みそぎ》をするのですね。それにしても伊奈富はこちらに来てそんなに月日も経たないのにいろんなことを知っている」

「それはわしの犬たちが秀でているからだ。それにわしたちは諸国をめぐり、広く同じような処を知っておる。それに我らの一族は吾妻《あづま》から薩摩《さつま》まで住んでおる」


その後伊奈富の提案を受け入れた二人の娘は熱心に空久津の伊奈富の屋敷に通い、少しずつ新しい織機に慣れていった。家から出て夕方には丹色根の泉が湧き出ている処で水を浴びた。禊として水を何度も身体にかけた。その水は少し温かく、辺りには雪が積もらなかった。その水を浴びると肌もしっとりとして気持ちよく、汚れも落ちて本当に長生きができるようだと思った。そして二人は伊奈富の屋敷に赴いた。

第五章　盟神探湯《くがたち》

（一）

毎日雪は降りしきり、このまま雪に覆われて優嶠曇《うきたむ》の地は滅びてしまうのではないかと思えるほどだった。そんななかでも人々は規則正しく足を前に出して茶論卦《ちゃらんけ》が行われる梓邑に集まった。

「近頃騒がしいのはどの邑か」

と梓邑の長の国足《くにたり》が問えば、

「夜止代《やとしろ》の邑じゃ」

と豆寇《つく》邑の長が答えた。

「ほう、何か託宣《おつげ》でも出たか」

「西南の方角に禍々《まがまが》しき光あり」

と夜止代の巫女が言えば、その西南の方角から来ている物部の賀夫良《かぶら》が、

「図に乗りおって」

と、つかみかからんばかりの勢いで、夜止代の巫女に向かって言った。

「誰に頼まれた。もともとお前たちとは肌の合わないのは分かってはいたが」

そこへ割って入ったのは児古売《こめ》の姉の夫たる久毛方《くもは》だった。久毛方は相津の冢《ちよう》造りにも行っていたし、新しい風が起きているのはよく知っていた。

「夜止代の託宣はよく当たる。それで祟り神も動きはじめたわけだ」

児古売は食事の用意のため、この梓邑に呼ばれていた。隅の方の火で粥を炊いていてこの話に加わることができた。あの奇怪な行列が祟り神というのだと初めて知った。

久毛方は続けた。

「倭《やまと》の力はすぐそこまで及んでいる。ここは前に毛野《けぬ》の王に差し上げた地だ。しかし今は形だけで我らの思うようにしてこられた。この磯部の公の言う如くこの地の一部を割いて倭の大王に差し上げることにしよう。力づくでは決して抗えぬ」

「いや大王の屯倉《みやけ》になったとて心を安んじる訳にはいかぬ。大王といってもとりしきるのは大王の側に仕えている者たちだ。彼らならいろんな融通が利く。どうせなら一番力のある豪族の大伴《おおとも》氏か物部氏に差し出そう」

こう言ったのは梓邑の長である国足《くにたり》だった。

「わしは大伴氏がいいと思う。物部氏は力があるが、すでにこの地でも、先の騒ぎの如く内物部、外物部といって争うている。騒動の種になるのは嫌じゃ」

丹色根《にろね》邑の長がそのように言うと、この茶論卦の行き着く先が見えてきたようだった。

「そのように話が進めば、この地は近いうちに北の部族との争いの地になるであろう」

このままでは厄介者になってしまう物部知波夜《ちはや》が話した。

「皆は同じ部族なのに北の部族と鉾《ほこ》を交えるつもりか。そもそも大王とは何だ。国という一つのまとまりを作れば確かに鉄《くろがね》を手に入れるために韓国《からくに》に兵《つわもの》を出せる。しかしその兵はこちらにも向かうのだ。北の部族は戦うだろう。そうすれば嫌でも戦に巻き込まれることになる。大王はやがて勝ち、どんどん国を大きくしていくだろう。欲の強い者が勝つ世になる。欲の強い者だけが夢見ることができる。更に大きな世だ。おおらかに長生きでき、楽をし、どんなことにも挑む。そのような大王が昔、秦の国にもいたという」

「これは我らが祖の話をなさるとは」

と思わず秦伊奈富《はたいなとみ》が言った。促された気がして知波夜への反論を始めた。

「この地を豊かにする手はいくつかある。ただ狭い処を耕すだけでなく大谷地の水を抜いて田にしたり、川に堰をこしらえ、水の少ない処に回したりすることもできる。山には桑を植え蚕《かいこ》をたくさん飼う。そのようなことは大王のご威光の届かぬ処には無理じゃ」

「そのようにしてもどんどん絞りとられるだけだ。大王は何でも独り占めすることになろう。萬の世を一系しか認めなくなるだろう。誰もが望む長生きだって独り占めすることになるだろう」

と物部知波夜《ちはや》が反論した。

「おれもそう思う。倭は信じられないほど大きな力を持っておる。呑み込まれる前に我らの力を見せつけよう。北の部族も来てくれる。これに南の相津も加われば大きな力になる」

と若い梓邑の土麻呂が言った。

「それならここが戦場になってもよいのか。確かにここは険しい山に囲まれてはいるが、合士《ごうし》や鳩峰の峠を倭の兵が登りつめれば、後は一気にここに攻め込むぞ。それに倭はだまし討ちが得手らしい。我らはどうしても酒が好きで、その隙に乗じて倭が騙し討ちにする。我らが恥ずかしいと思うことを奴らは何とも思わん。どうしてもこの地が欲しいとなれば醜い争いが続く」

「そうじゃ。それに倭の兵といってもその主力は、我らと同じ部族じゃ。尊い仲間じゃ」

と、次々に若者のことばを遮る者が相次いだ。

「確かに、若い者たちの言いたいことは分かる」

と国足《くにたり》が言い、更にことばを継いだ。

「我らに恵みをもたらしてくれたのはさまざまな神だ。山の神、風の神、水の神、瀧の神、川の神、井戸の神、山や川の獲物を恵んでくれる熊神、鹿神、魚神、狐神、蛇神。我らはその恵みの多さにお返しも充分にはできぬ。しかし心のなかで深く感謝し祭りは絶やさぬ。ところが今度は大王がそれに取って代わって我らに鉄や稲束を恵んでくれると言う。そのお返しはどうすればいいのだ。確かに我々には手作りの丈夫な鋼《はがね》がある。しかし多くの鉄にはかなわん。この我らの貧しい幸を少しだけ差し上げるだけでは足らぬことになろう。多く生きている人であるからのう。しかもはっきりとした大きな力を持つ人の群れじゃ。多くの人が群れ、一人の男にまとめられると厄介じゃ。どんなことでもやってくる。一体何を差し上げたら足りることになるのか、それを考えたら恐ろしいことになる」

この国足のことばには誰も反論できなかった。しばらく皆が黙ったが、

「それにしても我らは数百年の静けさが欲しい。この最上川《モ・カムイ》という太い静かな流れにまとまるこの地の安らかさを祈ろう。倭には協力せざるを得ない」

丹色根の長がそう言うと、ほとんどの者たちは頷いた。大勢は決まっていたのだ。国足

の言葉は、もう倭との連合が動かしがたいことを土台にしていた。国足《くにたり》は連合の後のことを話題にしていたのだった。

「たとえ倭と手を組もうとも、我らの静かな生活《たつき》と大切な神は守っていこう」

と国足が言った。豆寇邑《つくむら》の長は黙って聞いていたが、今まで態度を決めかねていた梓邑の長がはっきり丹色根の長の意向に従うことを示したからには、その大勢には抗うことはできなかった。今まで物部氏を養ってきたのは梓邑だったからだ。

「それでよい。倭と手を組もう。荒美衣のいる北の地とは一時は争うことになるだろうが」

意見を求められた豆寇邑の長は短くそう言った。

児古売《ここめ》は自分たちの住む邑の長がそう言うのを、無理のないことだ、と聞いていた。しかし次の瞬間、物部知波夜《ちはや》や賀夫良《かぶら》ら物部一族が席を立つのを痛い思いをして見つめた。

「先に」

そう言うと知波夜は頭を巡らしてからこの部屋を出た。児古売は知波夜が自分たちのいる暗がりをちらっと見つめたような気がした。児古売からは知波夜がとても寂しそうな顔をしているように見えた。児古売は知波夜のために何もできないのをもどかしく思った。しかし何かした方がいいのだろうか。父や母、自分たちの住む邑の行く末のことを考えると、知波夜の言っていることは渓《たに》にかかる朽ちた橋を渡るようで危うい気がした。しかし知波夜の言っていることは一番自分たちの言いたいことだった。そんな中で身動きできない自分たちを恥ずかしく思った。

（二）

茶論掛が終わり、外物部一族が退席しようとした時、奥から声がかかった。

「しばらく待てい」

知波夜は呼び止められた。まだ終わってはいなかった。戻ってきた知波夜たちに対して詮議が待っていた。夜止代の巫女たちが、知波夜を訴えていた。

「西南の方角に禍々しき光あり」と夜止代の巫女がまた繰り返し、言葉を続けた。

「それはここにいる外物部の者たちだ。神の御託宣によれば彼らがこの地に災いをもたらす。物部知波夜は藤ヶ森の館を荒美衣に売り渡した」

その言葉に驚く間もなく、

「そればかりではなく、術をもってこの優嶓曇の長たちを呪った」

一同はおおいにざわめいた。

「それは言いがかりじゃ」

と賀夫良《かぶら》が反論した。知波夜《ちはや》は悔しさのあまり声も出なかった。知波夜はその巫女をにらみ、ついで児古売《こめ》の方を見た。児古売は胸が激しく鳴って思わず目を伏せた。

やがて冷静を取り戻した物部知波夜は、

「夜止代の巫女が言うのは言いがかりだ。この茶論卦の勢いに乗じて我らに災いをもたらそうとするもの。身の証しは神判にてたてよう」と言った。

この言葉にまたざわめきが広がった。神判には禍々《まがまが》しい趣がつきまとう。物部知波夜の端正な顔には似つかわしくなかった。茶論卦の思わしくない結果に分別を失った言葉のように皆には聞こえた。しかし大きな物語の決着にはそうした惨劇を求めていたことも確かだ。皆は止めなかった。

「神判とはよく言った。そなたたちにも誇りはあるものと思える。夜止代の巫女は受けてたつか」

と国足が言うと、

「いかようにも」

と夜止代の巫女の一人は神妙に頷いた。だいぶ歳のいった巫女だった。祭祀をとりしきる力を奪い返したかったからだ。外物部一族への怨みもあった。

「ではすぐに蛇をもて」

との国足の言葉に促されて、早速二つの大きな壺が庭に運びこまれた。一同は庭に出てその神判の行方を見守った。壺にはそれぞれ飼われていた若い蝮が入れられた。その間巫女は禊を繰り返していた。物部知波夜は代りたがる賀夫良を制して祈りを捧げていた。

「どちらの呪力が勝るのかのう」

「物部が勝ってもこの地には残れんだろうに、無駄な戦いじゃ」

「知波夜はあの若さで惜しいことじゃ」

「知波夜にはいい人はいないのかな。いたら悲しいことじゃ。しかし果たして手を入れられるかどうか」

この地の行く末を案じて開かれた茶論卦の重大な結果よりも、人々の目の前の関心事はこの盟神探湯《くがたち》の行方だった。人々は噂しあった。

「これで茶論卦の結果はひっくり返ることがあるかのう」

「いや、それはないだろう。それに巫女はこういうことに慣れている。蛇はお手のものだろう」

「しかし蝮となればどうだろう」

児古売《こごめ》はそういう噂を聞いて、気が気でならなかった。自分の心配が早く来てしまったことにたじろいでいた。物部知波夜《ちはや》は盟神探湯を申し出て大丈夫なのだろうか。滅びることを予感しているのだろうか。そう考えると気の毒でならなかった。知波夜らは外物部の一族として誇りある行いをしている。倭の大王を支える内物部一族と対立して辺境を歩き、地元の勢力と連携して反撃の機会を窺っている。ここ優嶠曇の地にも大きな渦が巻いている。児古売はその大きな渦に、自分も巻きこまれてみたいと思った。そこで自分の福を占ってみたい。

——私は福《さきわい》なのか。それともそうでないのか。

——私につながる人は私から離れていくのか。福は去っていくのか。それとも……

噂は続いた。

「いくら暖かい部屋で飼われていたとは言え、冬の眠りの前だ。噛み付くことはないだろう」

「そうかな、身の危険が及べば蝮はきっと噛み付くだろう。しかも若くて温かい腕の方になー」

「はは。神判が下った者は死の淵に行く。罰が一緒なのは都合がいい」

大人の噂の一つ一つに児古売は喜んだりはらはらしたりした。何を信じればいいのか、よく分からなかったが、知波夜が助かる方にしか考えがまとまらなかった。

庭の雪はきれいに掃き清められ、蝮の入った壺には没薬《もつやく》や刺激的な山椒の葉が撒かれた。そして壺は温められた。蝮は不気味に、狭い壷のなかを、いきいきと動きだした。さらに乙女の髪を抜き取り、燃やした。濃い香りが辺りに漂った。そしてちりぢりになった残りの毛がぱらぱらと撒かれた。とたんに蝮は激しく壷にぶつかりながら動き回り始めた。

この場を取り仕切るのは国足《くにたり》ということになった。国足は早速殺気立つ賀夫良《かぶら》を制して言った。

「この神判は我らの聖なる神の意志を表すものだ。それを汚すことは許されん。賀夫良よ、そなたの持つ剣を預かる」

賀夫良はおとなしく剣を預けたが、

「もし、双方とも噛み付かれなかったり、双方とも噛み付かれた時はどうなるのだ」

と聞いた。国足は、

「噛み付かれたら、その者は死ぬ。災いをもたらした報いじゃ。双方とも噛み付かれなかったら、沸液の盟神探湯《くがたち》を行うまでもない。初めに訴えた者の勝ちじゃ。だが場合によっては沸液の盟神探湯を行う」

「そんな」

「それが決まりだ。ここの美衣《えみし》の掟だ。我らはこのようにして争いを裁いてきた」

「もしそれに逆らったらどうなる」

賀夫良《かぶら》は本当に逆らうようなギラギラした目を国足に向けた。

「我ら美衣の掟では、そういう者は滅多にいないがな、いれば捕らえて鼻を削ぐ。その後は……その後は息をするのが楽になるじゃろう」

賀夫良は後は何も聞かなかった。国足は更に言葉を続けた。

「倭の盟神探湯には熱でどろどろに溶けた鉄の滴を舌で触るのもある。何ならそれをお前に試してみようか」

賀夫良はそれを聞いて一瞬青ざめたが、気を取り直して、おおげさに怖がってみせた。

国足と賀夫良のぎらぎらしたやり取りで、場はすっかり殺気立ったが、児古売《こごめ》らは庭をきれいに掃き清めてその気配を消した。盟神探湯が近づいてくると一同はすっかり静まりかえった。

先ず夜止代の老巫女が大きな声で呪文を唱え、上半身を大きく壺に覆い被さると、次に右手を壺に入れた。息を大きく吸い込んでから、自分を励ますように声を荒げてその半身を曲げ、深く地獄の底を探った。声の調子はあい変わらず悲鳴のようだ。ようやく右手で大きな蝮を捕まえ、庭に置いた。老巫女は何事もないように無表情のままだった。

これで、知波夜の負けは決まったようなものだが、面子のためにも知波夜は壺の底を探らねばならなかった。知波夜は深く息を吸い、小さく呪文を唱えると、壺の前に立った。そして静かに目を閉じた。児古売はその姿を自然だと思った。奴奇知《ぬかち》と戦う時のような気負いがない。美衣の若者と比べてもとびきり美しいと思った。

次の瞬間に目にも止まらぬ早さで、蛇は壺の外に投げ出されていた。蝮はまだ何があったかよく飲み込めぬ様子で戸惑っていた。知波夜は蝮の反応より早く壺の外へ出したのである。一同はその早業に目を見張ったが、引き分けなら知波夜の負けなので、すぐ同情のため息に変わった。

「いかに」

知波夜《ちはや》の凛とした声が庭に響いた。

その時賀夫良《かぶら》のぎらぎらした表情が一際目立ったので児古売《ここめ》はその姿を追った。賀夫良は傍らの者から剣を借り、鞘を抜き払おうとした。児古売はなぜかその側に行って止めようとした。

――賀夫良は騒ぎを起こそうとしているに違いない。国足《くにたり》がどういう判定を下すかによって波乱を起こすつもりだ。きっと夜止代の老巫女の身体を剣で貫くに違いない。

と思い込んでいたからだ。

次の動作が始まろうとしていた時、

「盟神探湯は終わった。神の裁きは下された」

国足はそう言って庭に降り立った。

まず夜止代の老巫女の右腕を調べた。そして老巫女の右腕の一箇所を注視し、次に老巫女の表情を憐れむように見た。そして物部の若武者の右腕を取り、微笑むように頷いた。

庭にいる一同の表情が変わった。夜止代の老巫女の顔から表情が消えていた。もともと土色で頑なな皮膚と皺だったが、その精悍な色は失せ、いまや青みがかっていた。まわりの者が倒れようとしている老巫女を抱きかかえたが、その右腕に残る僅かな二本の牙の跡を見つけると、あわてて老巫女の身体から離れ、後退《あとずさ》った。

「夜止代の老巫女の唱えることは偽りだった。物部知波夜の一族はこの地に災いをもたらしたわけではない。いつまでもこの地で狩をしてもよいし、この地で採れた稲や粟や栗を食《は》んでもよい」

国足の話は明快だった。賀夫良もようやく仲間から借りた剣を戻した。

第六章　肌の温もり

（一）

雪は降り続いたが、たまに晴れると絶景だった。雪はすべてを覆い、朝日はきらきらした光を注ぐとともに、凸面に乱反射した。溢れるような光が木々にも上空の雲にも、遠くの丘にも神々しい山陵にも降り注いだ。こんな朝は雪眼鏡が必要だ。安那は外へ出て精一杯いい空気を吸った。今日は兎狩りにちょうどいい日だ、と思った。今日は児古売《こごめ》の叔父も自慢の熊鷹を伴なって鷹狩に行くのだろう。安那はこういう時に自分の家にも逞しい男がいたらなあと思う。すぐに亡くなった父の姿が目に浮かんだ。父が雪眼鏡をかけた姿が蘇った。父がまだ生きていたら、食べることがずっと楽になるだろうとしみじみ思った。特にこの冬を越すのが大事《おおごと》なのだ。薪を集めるのは女の仕事だが、めっきり元気のなくなった母にはあまり苦労はかけられない。男の仕事が食べ物に結びついているため、その男がいない分、しわ寄せが母や自分にきている。しかし母にもまた女らしさが残っている。母がそういう若さでいられるうちに、一家の子どもたちの面倒を見てくれる頼りがいのある男を見つけなければならない。それに自分の相手もだ。独り立ちをする時を逃してはならない。児古売《ここめ》のように憧れだけの感情ですべてを決めてはならない。安那も女らしさに随分気をつかうようになった。忙しいなかにも髪を洗うことが増えた。

安那が耳を澄ますと、遠くからずんずんと重みを伴って誰かが歩いてくる気がした。身体中を雪だらけにして歩いてきたのは大男の奴奇知《ぬかち》だった。奴奇知は父の死に際を知っている男だった。何か胸騒ぎがする。後ろに一人の若者を背負っている。奴奇知は山から一番近いこの家にやってきて介抱を求めていた。

「早く部屋を暖かくしてくれ」

理由も言わずに入っていった。安那は慌てて薪をくべて火を強めた。安那の母もぐったりした若者の衣を脱がせて布で濡れた身体を拭いた。奴奇知は自分で火の側に来て濡れた身体を暖めた。

「昨日こいつと猟に行ったのだが、足を滑らしてしたたか打ってしまったようだ。それで動けなくなり一晩雪室で過ごした。今日はようやく晴れたので背負ってきたが、こいつはぐったりしてきた。早く暖めてくれ」

安那は近くの家に駆けていって手伝う人を呼んだ。児古売も呼ばれてすぐに駆けつけた。

湯を沸かし、乾いた布を用意する。温かい粥を作る。近くの男たちも来てくれた。男たちは裸の若者のふぐりを手にとり、

「ここが冷たくなったらおしまいだ。まだ間に合う」

と言った。若者は火からやや離れた処に敷かれた暖かい莫蓙《ござ》に寝せられた。安那は意を決して裸になり、小膚帯一つになって若者と一緒の莫蓙にくるまった。若者の肌はぞくりとする冷たさだったが、しっかり抱いてやった。しばらくすると自分の身体も冷えてきたので薄いものをつけて火の側で暖まると、また若者の身体を抱いた。

「こいつの名は乃伎《のし》だ。丹色根邑の者だ。安那よ。よく面倒みてくれ」

いつもは大きなことばかり言う奴奇知だったから、こういう殊勝な物言いをするのは珍しく安那も児古売も好ましく思った。児古売はまだ裸の男を抱きしめたことはなかったし、いつ代われと言われるかどきどきしていた。まだその心の準備はできていなかったからだ。しかしここは安那が引き受けたようだ。児古売は奴奇知の世話をやいたり濡れた衣裳を乾かしたりした。薪が足りなくなるだろうと自分の家から持ってくる男どもや、粥の材料を持ち込む者もいて、安那の母も安心した。安那は長いこと若者を抱いた。若者の身体はすっかり乾き、徐々に安那の肌の温もりが伝わっていった。安那が疲れを感じるようになると、

乃伎《のし》と安那の身体はぴったり一つになっていった。安那はこの乃伎という若者が気になった。この若者は丹色根邑の出だそうだが、山から下りてきた冷たい身体でこの邑にやってきた。山で亡くなった安那の父の骸《むくろ》も冷たかった。心を込めて温めて生き返った命に、安那は夜見還った父の温もりを感じていた。それで身体が温まり始めてもしばらくじっと若者の身体を抱いていて離さなかった。

安那と児古売《こごめ》はよく話をした。しばらくの間、児古売の話は知波夜《ちはや》のことに限られていた。

「知波夜は蝮を恐れぬ。わたしとは大違いじゃ。いつの間にあんな早業を身につけたのか」

「乃伎は恥ずかしそうに下ばかり見つめていた」

「わたしは何時安那と代われと言われるか分からなくて、ドキドキしていた」

「児古売もすばらしい人を好きになったものね」

「そんなこと……。でも結ばれるかどうか。実るかどうか。とても心が揺れる。自分よりは、安那の方が……」

「それはどうかしら」

二人が空を見上げると、虹《のじ》が浮かんでいた。老巫女を噛んだ蝮のような虹で、毒々しい色を放っていた。

「あれは……」

と言いかけて、児古売がその見にくさに袖で目を覆うと
「あれは、夜止代の老巫女の怨みね」

と安那が続けた。

——不思議で妖しい光を何本も放っている。家に帰ったら早く厄祓いをしなけりゃ。


長い冬も終わりに近づいた。夜が明けるのが少しずつ早くなり、雪が降り積もって空久津へ行く道が閉ざされることもなくなった。児古売と安那はずっと空久津へ通いつめていた。新しい織機を使って布を織るのが楽しかった。いつもの方法より早く仕上がるようでうれしかった。二人は空久津へ行こうとして丹色根邑にさしかかると、弔いの列に遭った。

安那は父を亡くしたばかりなので、他人事とは思えず、跡を追うことにした。

——冬にはよく人が亡くなる。寒さに耐えられなくなれば人は死ぬ。

児古売はそう思った。若さというのはありがたい。安那に抱かれた若い男、乃伎は元気

になった。この間乃伎は安那の家にお礼にやってきたそうだ。鳥の干肉をたくさん持ってきて児古売《こめ》の家でも分けてもらった。寒さに耐えられる若さをたとえようもなくありがたいと思った。児古売と安那は行き連れの亡き骸を近くの丹色根山に葬る手伝いをし、帰りに木の実の団子や粥をもらい、いつもの丹色根の泉が湧き出ている処に行った。

ここで清らかな水をいただいていこう。児古売は寒さのなかに雪を見た。その白さは美しかった。ふと雪の白さで、秋に小さな田にやってきた鶴を思い出した。

——鶴の羽根のような白さを持った布を織りたい

と児古売は思うようになった。

（二）

児古売は水を浴びるため、丹色根の泉が湧き出ている処に向かった。雪のような白くてきれいな布、これをつなげれば鶴の羽根のようになる。児古売が想念を練っていると目の前にいきなり、できあがった羽根のような布が横たわっていた。

「これは一体なんだろう」

児古売は、目の前に白と朱の衣装が木に掛けられているのを見つけた。それは何かの印であった。そこでは一人の女が泉の水で禊をしていた。児古売と安那が気にせずに近づいていくと、そこに一人の男が現れ、白と朱の衣裳を手に取るとそれを奪って逃げようとした。

「待って、あなたは誰、ああ、あなたね、公《きみ》」

衣裳を取ろうとした男は女の顔見知りだった。その後、泉のまわりで男と女のにぎやかな笑い声が続いた。戯れの声はまわりを妙に明るくさせる。

児古売と安那は一緒に禊をするのを避けて別の場所を探しに行った。児古売には、あの衣裳に見覚えがあった。それは児古売が山で菜を採っていた時に見かけた不思議な舞を舞っていた女、依刀自《よりとじ》だった。この前はあの狂ったような祟り神の歌舞いの列を導いていた女だった。それが公と呼ばれた男といい仲になっている。あの男は一体誰だろう。顔は暗くてよく分からなかった。児古売と安那はそっとその場所を離れた。禊の間は男のことを考えることもいけない。逢引の相手の名を尋ねることもだ。児古売は自分自身も約束を守るのは難しいものだなと思っていた。これも若さのなせる悪戯のようなものだ。それにしても男女の逢引は楽しいものだ。いつか自分もそんな相手と巡り逢うのだろうか。それぞれ知《ち》波夜《はや》や乃伎のことを考えていた。しかしあの祟り神の龍王の列は夜止代の老巫女と深い関係があったと言う。蝮に噛まれ、天罰の当たった夜止代の老巫女とこの依刀自はどんな関係があるのだろう。

児古売《こめ》と安那はその日もいつものようにそれぞれ籠もって機を織った。そろそろ布が仕上がるのだった。少しの差はあったが、二人ともほぼ同じ頃にそれぞれ一枚の布を織ることができた。明け方になった。

児古売と安那が秦伊奈富《はたいなとみ》に差し出すと、

「ほう。よき出来栄えだ。鶴や鴻鵠《くぐい》のような見事な白さじゃ。これは大事にとっておこう。そなた方はとても織るのがうまい。心がこもっておる。まるで鶴が自分の羽根を抜いて織ったようじゃ。ところで機織の姿は誰にも見られなかったか」と聞かれた。

「はい」

「それならよい。よく我慢したな。それでこそ神に捧げる布じゃ」

秦伊奈富は二人を母屋に誘った。そして媼は二人に粥を勧めた。

「あれ、いつもの粥と違う」

「おいしいものじゃや。充分召し上がれ」

二人は何の味か分からずとまどったが全部飲み干した。細かく千切れた柔らかい肉のようなものが特においしかった。

「これは何か」

「これは珍しいもので人魚の肉を砕いたものじゃや」

「ええっ」

「これを飲むと年を取らないという。信じまいが八百歳まで生きることができるという。それはどうか分からんが百はいくじゃろうなあ」

「本当に」

「ははは。南海の人魚じゃや。人魚は海の底に潜む石決明《あわび》を食するという。これはそれを乾かして砕いたものじゃや。少なくとも目がよく見えるようになるはずじゃや。それにこれも進ぜよう」

先ほどから前と後ろに動かしていた手をふと止めて、秦伊奈富は木片を二つ持ってきた。そして傍らに掛けていた細い棒を取った。児古売がよく見るとその細い棒の両端には馬の毛のようなものがまとまってついている。秦伊奈富《はたいなとみ》はその棒の先をさっきまで磨っていた真っ黒い液につけた。棒の先の毛の固まりは充分にその墨を吸った。そしてその棒が静かに木片の上に置かれると、安那は思わず声を出して吃驚した。液が飛び散ることを心配したからだ。しかし液は飛び散らず、棒の先でおとなしく次の動作を待っていた。秦伊奈富は棒を一気に下に引き、勢いよく棒を木片から離すと再び墨を吸わせた。そして先ほどの位置から少し離れた処に棒を置きそこから右へ大きくずらすと、更に浮かしてからまた沈めた。そしてぐっと力を入れておおげさに棒を引き上げた。

「これは一体」

驚きのあまり、声が出ないでいると、伊奈富が説明した。

「これは筆といって字を描くものじゃ。今来《いまき》の貴い方から貰うたものじゃ。いろんなことを記す、記すとは今のようなことをするのだ。そなたたちも、誰かに頼まれて、土の器に模様を刻んだものを持ち運ぶことがあるだろう。それは何を表すのか、あらかじめ決めてある。それで遠く離れた人でも何事か分かるのだ。どんなことが起こったのか分かるのだ。それと同じだ。これはそなたたちに差し上げよう。これはそなたたちに差し上げるものだ。これは〝山〟と記したのじゃ。仙人《やまびと》になるための札じゃ。いや女なら仙人ではなく仙媛《やまひめ》だ」

そう言って秦伊奈富はもう一度同じ動作を繰り返し、もう一枚の札をこしらえた。

「これに紐をつけ、首から下げるとよい」

人魚の肉といい、筆と字といい、吃驚するようなことが続いたので札を手にしても、しばらくはただ呆然と眺めているばかりだった。

「ところで丹色根邑《にろねむら》の変若水《おちみず》は浴びているか」

「はい。なんと温い水で、身体が温まる。若返ったようだ」

「はははは、そなたたちが若返ってもどうということはない。母上にも知らせてやりなさい。今そなたたちに差し上げた〝山〟という札は貝符という。元は海の貝を使うのだが、ここには貝がないから桑の木を使った。海のものは尊い。貝はよく珠を宿すことがある。わしも一度見たことがあるが、見事な艶やかな光を放っておった。貝はその真の珠を宿し、長い年月を経るとあのような見事な珠になる。それを身につけると長生きができるだけでなく、常世《とこよ》の国にも行けるそうだ。祟り神の行列に出遭ってもかどわかされることはない。そうだ。そなたたちの織ったあの絹も貝子《かいこ》がはきだしたものだというのは知っておろう。貝子は真の珠を宿す貝と同じく丈夫な殻で珠を守り、育てるのじゃ。殻は柔らかいがのう。貝子が真の珠と同じ白い銀のような糸を吐き出す。不思議じゃのう。この世は不思議なもので満ちておる。もうじきここには今までにない大きな冢《ちょう》が築かれることになるだろう。その冢も王の屍を抱いて長い眠りにつく。中に収める壺には玉を篭める。玉は神を呼び、冢は目に見えぬ光を放ってこの地を守るのだ。神は遠くからやってくるものだ。だから海のものは尊い。あの丹色根邑の変若水も遠い海から来ておるのだ。若狭《わかさ》という若返りの入り江から地下の冥《くら》い脈を伝ってそこまで来ておる。そなたたちはさらに山に篭もり、一人前の女になったら真の珠のようになって光るのだ。そして遠くに旅立て」

秦伊奈富《はたいなとみ》は一気にそう言ったが、噛んで含めるように児古売《こごめ》らにはゆっくり聞こえた。そしてよく分かった。自分たちの生きる意味も分かったような気がした。人魚の肉の感触が思い出された。粥の温かさがまだ喉の奥を通して腹にも残っている。その温かさを感じながら、自分も母が産屋に篭もって生まれたのだということに気付いた。苦しい思いをして生ましたに違いない。自分は母の子なのだと改めて思った。そして母の子であるとともに、もっと大きなものに包まれている。それはここから見える山々や大谷地や川の眺めに、同じ物を感じた。雪が融ければ裸になった大地が見える。まるで生まれたばかりの肌の粗い赤子の頭のようだ。まばらな立ち木や大地に溶けそうな枯れ草の束。すっかり実や葉を落とし、木肌を熊にかじり取られた木々もある。この神の刻印を押された木々はもう育たない。そのように昨日までひどく冥《くら》い地の果ての風が吹いていたのに、今日はすっきりした尊い川の流れがやや勢いを増しているように思えた。

そんなことを考えながら、児古売と安那は空久津から丹色根への道を急いだ。道すがら児古売は母や父にどうやって字という不思議なことや仙媛になれることを話そうかと思った。それよりも新しい織機を邑に伝えてもよいと言われたのが嬉しかった。これで邑の人たちに世話になったお礼ができると児古売は張り切った。しかし次にどうしても邑の行く末を思うと、物部知波夜《ちはや》の一族のことが気になった。あんなに自分たちのことを思ってくれているのに、いらぬ嫌疑や神判を受けたりせねばならぬ。この優嶠曇《うきたむ》の地は倭の大王と連合することになると言う。そうなれば大王の敵である物部知波夜は一体どうなるのだろうと心配した。邑の行く末はほぼ決められた。しかし若者が犠牲にされることもある。本当にそれでいいのだろうか。人々は老いを尊敬しながらも、本当は若さを求めている。若さが犠牲になっていいのだろうか。

第七章　歌垣

（一）

児古売《こごめ》は朝早く起きた。いつまでもじれったかった。日の出がどんどん早くなるのが普通なのに、今年はどうしてか、なかなか早くならないように感じられた。もどかしかった。まるで自分の今の想いのようだ。物部知波夜《ちはや》はわたしの想いを知っているのだろうか。あの盟神探湯《くがたち》の時の自分の心病みを知っているのだろうか。夜になったら、何でも知っている月に祈ってみようか。それにしてもあの見事な手さばきはとてもすばらしい。どんな人が代わりになろうともあそこまでは出来ない筈だ。そんな知波夜と共に過ごすことができたらどんなにうれしいことだろう。……それは望むべくもないことだけれど。知波夜はなんとかこの地に留まれることになったけれど、それを心から喜んでいるのは果たしてどれだけいるのだろう。この地の人々は、倭の勢力と仲良くしていくことを決めた。

だから知波夜はこの地にいても、喜ばれない人だ。

朝日が児古売の家を直刺《たださ》すようになると、早朝の仕事はあらかた片付いていた。両親もゆっくり起きだした。父が雪を掻く仕草も軽やかだった。日の出は遅くとも春の気配はそこまで来ていた。神はきれい好きなので、庭には昨日の汚れた泥濘など残さないようにしていた。鳥が家の近くの木々に止まれば、神も庭のきれいさを喜んだことになる。降る雪の量《かさ》は少しずつ減ってきて父の肩の荷をおろした。雪に閉ざされた冬は織物や土器作り、藁綯《わらな》えなどで過ごしてきた。熊の皮で履物《はきもの》を作ったり、凍《し》みてしまった芋を何度も戻しておいしく食べられるようにしたりした。ようやく冬を越した安堵《あんど》感がこの邑の景色にも反映していた。

「持衰《じさい》と同じじゃ。お前の姉は……」

と、児古売《ここめ》の母が言った。

「ははは。どうしてじゃ」

「夫の久毛方《くもは》はまた邑の遣《つか》いだとて遠くに旅立った。約した時にも戻らぬ。だから拗《す》ねているのだ。自分の部屋の掃除もしないらしい」

「まあ、そんなこと……それでも持衰とは大違いだ。持衰とは長い旅の安全を願って一緒に連れて行く乞食でしょう。身は汚れ放題で濯《すす》ぐことは許されない。大姉はそれほど呆《ほう》けてはおらぬ。神は大層きれい好きだそうじゃ。普段きれいな処が汚れていれば、神はおおいに気にして久毛方を返してくれるだろう。それにしても大姉もいじらしいこと」

「久毛方も大切な用をいいつかったのであろう。この度は一人ではないらしい」

たとえ妹背《いもせ》の仲となっても、その愛は一筋縄ではいかないことは、児古売もよく分かっていた。しかし一途《いちず》に夫のことを思える大姉のことは、いつまでも羨ましいままだった。

——わたしも、知波夜《ちはや》がこちらを振り向いてくれるまで何もしないようにしようか。でもそれでは時が待ってくれない。

「また大姉のいる梓邑も訪ねてみよう。近いうちに安那と出かけるよ」

児古売はそう勢いよく言って母との話を終えた。


児古売は仕事を一区切りさせると、ゆっくり起きてきた弟たちの世話をした。弟たちはいつも元気がよかった。今日は児古売に昔語りをねだった。とびきりの話をしてほしいと言う。

そこで早速、児古売は知っている話を始めた。

——牟都利《むつり》という強い若者がいた。無鉄砲だったが粘り強かった。花が盛りの時に、十六の娘を見初めた。娘は匂うような顔《かんばせ》の持ち主だった。胸分けのくっきりした姿立ちは、遠めにも森の中の合歓《ねむ》の木のように、その娘だとはっきり分かった。しかし娘は牟都利《むつり》が気にいらなかった。牟都利はあきらめきれず、山や河を越えてどこまでも追いかけた。でもとうとう追いつくことはできなかった。


「へーえ。きれいな話だ。でもそれだけか。娘は牟都利のどこが気にいらなかったんだろう」

「んー。それよりも物事はうまくいかないということに気付くべきだよ」

阿弥羽《あやはは》や洲弥羽《すみは》という弟たちも、もうそういう話ができるようになっていた。

「小姉も知波夜《ちはや》のことは諦めきれないんだ」

「……」

「娘は追いかけられて、どこまで行ったんだろう」

「分かった。北の部族の住む〈遠《とお》つ倉御部《くらおべ》〉だ。そこで純粋な美衣《えみし》と結ばれたんだ」

「ここは〈大羽振り部《おおはふりべ》〉だ。よくあたる祝《はふり》がたくさんいる。牟都利も祝によく占ってもらってから出かけたらよかったのに」

そんなことを言っていると、遠くで春雷が鳴った。

「わたしはこの娘が好き。だって、自分の想いを大切にしているから」

と児古売《こごめ》は言った。

「へーえ。小姉にも自分の想いがあるんだね」

「そうだよ。人だからね」

「うまくいくといいね」

「そうだね。でもがんばるばかりじゃないんだよ。神様はいたずら好きで、ことに依ったら助けてくれる。たとえば、秦のおじさんが言っていた。雷が落ちないような特別効く呪文がある。教えようか」

「それはおもしろいね。教えて。小姉」

「それは、雷が鳴ったときに、桑原、桑原と言うんだよ」

「桑の木のこと」

「ああ、そうだよ。桑の木には雷は落ちないんだ」

「どうして、どうして桑の木には落ちないんだ」

「昔、秦氏の祖先が緋色の蘰《かずら》を額につけて、雷神をやっつけたそうだ。だから秦氏の勧めた絹作りの桑の木には雷様も手を出せないそうよ」

「へーえ。ここは桑原、桑原」

「そう、わたしたちで唱える呪文と似ているね」

悪魔よ、来るな、我が家のなかへ、我らは罪なき御神の子。

疾く去れ悪魔よ、わが家の軒を

阿弥羽《あやは》は習い覚えた呪文を唱えた。

「ここは桑原、桑原、我らは罪なき御神の子。疾く去れ雷神よ、わが家の軒を。よし覚えたぞ」

「それに、科野《しなの》の国へござらんせ、と言うんだ」

「科野の国ってどこなの」

「山をいくつもいくつも越えて、木肌が美しい科《しな》がたくさん生えている処だそうだ」

「それならきっといい科織りができるのだろう」

「いつか旅をしてみたい。久毛方《くもは》のおじさんのようにあちこち飛び回りたい」

「倭《やまと》の国にはとても大きな冢《ちよう》がいくつも造られているそうだ。冬にも雪が降らない暖かい処だそうだ。そうだ。いつかきっと行こう」

「そう。それに百薬の大きな桃の実がなる池がある」

「へえ。どんな病も治るという桃の実か。李《すもも》とはちがうのか」

「李よりももっと巨きい」

「そうか。そんなに巨きいのか。それは食《は》んでみたい」

「ははは。実が熟すると、辺りには、えも言われぬよい香りが満ちていてそのかぐわしさに魅せられて百獣が集まってくるという」

と、児古売《こごめ》も微笑《ほほえ》んだ。

「そんなにかぐわしいのか。それで鹿角の粉よりも鮎の腸よりも効くのか」

「さあ、どれが一番効くのやら」

「小姉にはどれもいらないのだろう」

「どうして」

「仙媛の札をもらったろう」

「確かに貝符というものをもらった。しかし、それは病から逃れることとは別じゃと思うが」

傍らで聞いていた児古売の父も話に加わった。

「いい男との馴れ初めには効くのか」

「まあ」

と児古売《ここめ》はおおげさに恥ずかしがった。

春には猟が一段落した。奴奇知《ぬかち》から仕留めた猪の肉の固まりをもらったので、そのおおかたの部分は干し肉にし、残りは今日の夕食にした。筋の処は阿弥羽《あやは》や洲弥羽《すみは》の二人の弟にやった。いつまでも噛み切れないのがいい。二人には歯を丈夫にするためにもちょうどいい間食だ。二人は噛み切れない処はマキリで切りながら食べた。残った本当の筋はまとわりつく犬にやった。それからほんの少しだが、きつねの分は雪の上に、烏の分は近くの砂利原に置いた。恵みがあった時だけだが、そのようにして恵みを分けた。烏の分にはマキリで細かく傷をつけた。皮が堅くてつつけないからだ。


豆寇《つく》邑の若い女が集まって薪を取りに出かけた。冬の間に雪の重みや風で倒れた木々や枝を集めた。それで家の中の足りなくなった薪を補う。倒れた木々はたくさんあった。まだ新しいのは二、三年すると茸が実るはずだ。木の香を楽しみにしながらぽきぽき折れた短い枝を探す。苦労せずともそういう枝はすぐ見つかる。背負えるだけの薪を背負って山を下りる。途中の渓流でひと休みする。肩にはずっしりと重い枝の束がある。でも枝の重さはそんなには感じない。いつものことだからだ。

一本の木を流してみる。占いだ。児古売は、

川は山より流れゆく
山ある処に川ありて
川ある処に山がある

と不思議な呪文とも歌とも言えないことばを唱えた。

木はゆっくり流れていったが、渓流の先の曲がりくねった浅瀬で引っかかった。他の女たちはそのあまりに早い引っかかりように笑い転げた。児古売もつられて笑った。木が途中で引っかかれば、想いは成就しないのだ。

「やっぱり悪霊憑きの児古売だ。川の悪霊が邪魔している」

児古売はそう言われても平気だった。川の悪霊は、はっきりと児古売の身体からは脱け出していたのだ。

枯草がまだ地面を覆っていた。この泥で汚れた枯草を除いて少しずつ草の芽が顔を出す。やがて夥《おびただ》しい数の茎が伸び、花が咲き、実る。ようやく小さな実をつけたら、その草の実を食べにいろんな小鳥がやってくる。小鳥が食べやすいように実は小さくてもいいのだ。

児古売《こめ》が邑の女たちと楽しく話しながら、邑の入り口まで薪を背負って帰ると、ちょうど物部の一族が通りかかる処だった。先頭を行くのはあの物部知波夜《ちはや》だった。一行の様子からそんなに急ぐ用事でもないな、と分かった児古売は、戯れをしたくなった。いきなり知波夜の前に出て、恥ずかしそうに立った。知波夜も笑いながら道が塞がれていない方を行こうとしたが、今度はそちらの方に児古売も移った。そして下を向いてもじもじしている。

「おいおい」

と知波夜も言ったが、まんざらでもない様子だった。知波夜はこの娘を抱きしめてやりたい誘惑に駆られた。

「名はなんと言う」

そういう知波夜の問いはこれで二度目だった。

児古売はとうとう返事をした。

「豆寇邑《つくむら》の児古売」

「ほう、父の名は」

「父の名は安麻呂、母の名は津売《つめ》。あなたは」

「わしの名は物部知波夜」


――ほーう、ほーう。

――ほーう、ほーう。


邑の若い女たちは児古売を囃し立てたので、児古売は知波夜を上目遣いに見た後、邑の女たちのいる方へ駆け出した。児古売はこの時知波夜と目と目を繋いだ気がした。

みんなと一緒になった児古売は踊りだした。鶴の舞だ。両方の袖の上を持ち、羽ばたく様子を表している。鵐栗《むくり》の合奏も始まった。二人の女が向かい合って立ち、羽ばたきをする。その後ろにもそれぞれ女たちが従って座っている。その後ろの女たちはまた立って羽ばたきをする。

「ははは」

戯れながら知波夜もその踊りの列に加わる。知波夜も知っている踊りだ。若い女が身を傾げ、羽ばたく仕草はとても美しい。特に児古売《ここめ》の姿にはうっとりしながら知波夜《ちはや》も踊った。裳裾《もすそ》がくるくると舞い、静かな舞ながら少しずつ二人の気持ちは昂《たか》ぶっていった。

「鶴や白鳥はとてもきれいだ」

「きれいなものだけが踊るのじゃ」

「そうか。人はきれいか」

「きれいだ。持衰のような大姉は別だが」

「ほほう。そなたの姉には、何か願い事があるのか」

「ええ。わたしにも願い事がある」

「どんな願いだ」

「鶴や白鳥は春が近づくと飛び立って、自分の想いが叶えられる処に行ってしまう。わたしも、鶴や白鳥のように、わたしの想いを遠くに届けたい」

「うむ。分かった。我らは白鳥の旅人じゃ。どこまでも遠くを目指す者たちじゃ」

「それならこの地で残る者たちとは交わらないのか」

「いや、そんなことはない」

児古売は、ふと領布《ひれ》を手元から落としてしまった。いつか知波夜の腕をくるんだ領布だった。知波夜はそれを拾い上げた。

「これはいい香りがする。児古売のことを思い出すため、もらっておこう。いいな。わしにくれ」

児古売ははにかみながら頷いた。

（二）

咲く花を　摘みて届けむ　この道を
籠に満たない　姥百合の花
法吉鳥鳴く　春は来ぬ　しかれども
姥百合の　咲く節は何時

児古売は春になってもなかなか咲かない片栗の花に向かって自作の呪いのことばをかけ

た。数日遅れることはよくあるのだが、いつもよりは大分遅れているようだ。しかしあちこちから心地よい音が聞こえてくる。笛や鵐栗《むくり》の音が聞こえてくる。歌をかけ合う祭りが近づいているのだ。好きな姥百合の花ももうじき咲くだろう。

児古売《こごめ》の姉の夫である久毛方《くもは》は、ようやく使いから帰ってきてよい知らせをもたらした。あの冬の茶論卦《ちゃらんけ》で決まった通り、この優嶝曇《うきたむ》の地の一部を倭の大王家の側近である大伴氏に差し出すことにしたのだ。そしてこの地で鍛えられた鋼《はがね》の刀も献上した処、その硬さと切れ味のよさに舌を巻いて喜ばれたという。使いは首尾よくいった。同盟の印として、相津と同じような大冢を築くために、土師部《はじべ》たちがやってくるという。土師部たちは皆力自慢で、夏の宵の相撲では他の男どもには負けたことがないそうだ。あの奴奇知《ぬかち》が土師部たちと戦えばどうなるだろう。

大冢は優嶝曇の長を祀る。今は丹色根の長が勤める。だから長が生きている間に造られる寿冢となろう。丹色根の近くの山にするか、それとももっと南の長い岡を削るか、占いでその地が決まるだろう。

これでこの優嶝曇の地が戦に巻き込まれることはなくなった、と誰しもが喜んだ。大伴氏はすでにこの優嶠曇からそう遠くない処に根拠を構えていた。ここ優嶠曇から午牛《ごうし》や鳩峰の峠を越えた偲《しのぶ》地方に大伴氏の力が及んでいた。久毛方に続いてやってきた大伴氏の側近は優嶠曇の地を遠くから眺めて喜び、

――ここそ、倭の田にふさわしい

とて、和田と名づけたという。相津よりは狭くとも、四方を山に囲まれ、守るに堅いのが得がたい地として認められた。部族が三つの勢力に分かれ、連携していることも相津と同じで、他の美衣《えみし》の地よりは、ずっと賢く、争いはしないだろう。農地も増えていくであろうと期待された。

「おまけにこの地で馬がたくさん育つようにならないか、と聞かれたものだ」

久毛方は、大姉の処にやってきた妹の児古売にも、遠慮なくしゃべった。

「馬はたくさんの干草と塩や水を欲しがる。広々とした馬場もだ。ここはまだまだ拓《ひら》かれてはいない。冬の過ごし方も工夫せねばならぬ。いろいろとやらなければならないことはとても多い。だから、ありがたかったが、待ってほしいと答えた」

「馬は無理であろう。でも田や畠は増える」

「わしは早速冢造りの人手集めに遠い地方に旅立たねばならぬ。お前の姉の古売《こめ》には悪い

が、他の男にはなかなか頼めない役でな」

「それは分かっているが、もう少しゆっくりされてから旅立たれては」

「うむ。子どもに父の顔を忘れたなどと言われては困る。そうならないうちに帰ってくる。そういえば、児古売《こごめ》ももう年頃だのう。お前は秦伊奈富《はたいなとみ》と懇意にしてもらっているそうじゃな」

「はい」

「それはよいことじゃ。これからは渡来の人々のすぐれた知恵や技を存分に受け止めなければならぬ。それをいかしていかねば」

「はい。わたしもそう思う」

「それから内物部の一族だと言っていた磯部長年という者がおって、さかんに我々に倭との連合を呼びかけておったが、この度の決定で、わが優嶀曇の地は物部氏ではなく、大伴氏との絆を深めることになった。だから骨折り損となった。土産にもらった長い鉄挺《ねりがね》は我らのもらい得よ。はははは」

「長い鉄挺で鍬や鋤の刃ができるのか」

「そうだ。硬さでは我らの鋼には及ばないものの簡単にたくさんの鉄ができてしまう。その磯部はがっかりし、もう畿内に帰るそうだ」

「それなら……」

と児古売は言いかけてやめた。磯部長年と仲が良いという噂のあった依刀自《よりとじ》のことが頭をよぎった。

「磯部は、公《きみ》などと呼ばれて、いい気になった。この狭い地方で我が物顔に振舞おうとした。夜止代の巫女たちを動かして不気味な行列をけしかけてみたり、巫女を我がものにしようとした。この優嶗曇のような美衣の衆を動かそうとしたら、本当に我らのことを考えてくれねばならぬ」

児古売はそういう久毛方《くもは》のことばを聞きながら、

――わたしの大切な知波夜《ちはや》は残ってくれ
と言いたかった。そうでなければ自分も依刀自と同じで、みじめなことになってしまう。

児古売の思いは的中した。久毛方の話を聞いた数日後、物部の一族は忽然と優嶗曇から消えたという噂を聞いた。

「白鳥の跡を追って旅立ったそうだ」

「北へ去った。北の部族を頼っていったのだろう」

「重い足取りで辛そうだった」

物部知波夜《ちはや》の一族が住む処から、北へ向かったとすれば、この邑も通ったに違いない。

児古売《ここめ》は早速邑の入り口に急いだ。何か残してくれてはいないか。

邑の入り口は共に鶴の舞を舞った処だ。児古売は近くの林を見た。その一本の枝に赤いものが見えた。赤い領布《ひれ》だった。物部知波夜が奴奇知《ぬかち》と戦い、傷を受けたときに児古売が腕に巻いてやった領布だった。児古売は結び目をほどいて自分の胸に仕舞った。

そして、

――わたしにはやはり福《さきわい》はこない
と嘆くと同時に、重い荷を背負いながら険しい山道を行く物部一族のことを思った。

――なぜ、国足は、物部一族にいつまでもいてもいいと言ったのに。やはり、倭と同盟を結んだ限りは外物部がいては騒動の種になるからなのだろうか
と思った。今すぐなら一族に追いつくことはできるのだろうか。それとも女の足で追いつくことはやはり難しいのだろうか。そして、追いついても足手まといになるだけだと観念した。

（三）

それからひと月ほど経った。晴れ渡った日、太陽の光がやや弱まり、涼しい風が吹き出した。

今日ばかりは主となり
朝日差し夕日かがやく　この丘に
登りて遠くを眺めれば
東に見ゆる広き野に
獲物を狙う狩人の
いとたくましき
弓弦《ゆずる》の音

邑の若い女が節をつけてうたうと歌垣が始まった。若者たちは晴れ晴れとした顔や姿でそれぞれ美しく装い、山に登った。

惜しい夏が過ぎてゆく　また冬に向かうのか
わたしの歳　あなたの歳を　また重ねていくのか
この世には　とても辛いことがある
寄る歳波を戻し　若くなれたらいいのに
それは叶わぬ夢まぼろし
ただ遊んで過ごしたい　夢のように幻のように

寄る歳波を戻し　若くなれたらいいのに
それは叶わぬ夢まぼろし
ただ遊んで過ごしたい　夢のように幻のように

高山を真ん中に、まわりの優雅な低い山々をめぐって歌垣が行われている。高山は、優
嶂曇地方の北にあり、葭野川《よしのがわ》の源流にあたる。葭野川は流れ下って大谷地から排出される泥

流と一緒になり、梓邑から流れる梓川や豆寇邑を流れる犬川と会う。太い流れとなって最《モ・》上川《カムイ》となる。

優嶍曇の若者たちはこぞって高山に登る。相手を見つけるためだ。また相手の気持ちを確かめるためでもある。高山は男山《おやま》であり、女山《めやま》は森山だった。高山と森山を廻った後、近くの低い頂に分散して歌をうたい、お互いを誘う。年少者以外は、歳老いた者でも誰でも行くことができる。

しなびた菜は漬物にする
枯れた草は屋根の覆いにする
歳老いた人はいかにせむ
老いを想うと胸が痛む

寄る歳波を戻し　若くなれたらいいのに
それは叶わぬ夢まぼろし
ただ遊んで過ごしたい　夢のように幻のように

こういう歌を聴くと歌垣がいよいよ始まったなあ、と児古売《こごめ》は思う。知波夜《ちはや》が来ない歌垣なんて児古売にとっては何の意味もないことなのだが、安那に誘われてやってきてしまった。若さの盛りの歌垣がこんなに寂しい感情なのはたまらない。せめて山菜でも採っておいしい粥を若者たちに振舞おうと思ってやってきた。

安那がいる処に乃伎《のし》がやってきた。乃伎は、この冬に安那から手厚い介抱を受けて、ぞっとする寒さから蘇生した。乃伎にとって安那の身体は母以上に安らげるものだったようだ。それからよく二人で丹色根邑の変若水《おち》が湧きでる泉に通った。温い水は乃伎の身体を充分に回復させた。それ以来、乃伎は少しずつ安那に近づいた。安那も、乃伎が神からの授かり物のように自分の手に入ってきたと感じていた。だから大切に扱ったつもりだ。いのちを通じて知り合った二人だった。乃伎は児古売に挨拶をすると安那と仲むつまじく語らい始めた。児古売もときどきうたいながらにぎやかに過ごした。最初は豆寇邑の女たちは一緒になって固まっていたが、だんだん分散し、思い思いに仲間を見つけていった。児古売に言い寄る男どももいたが、冷やかし程のことでしかなかった。

安那の母も来ていた。梓邑の長である国足《くにたり》と一緒だった。安那の母は最良の相手を見つけていた。ただし正式の夫としてではなかった。安那の家族は、みんな国足に面倒を見てもらうことになった。安那の母のように、働き盛りの夫を失った女は、邑のなかでも力のある者に面倒を見てもらうのが賢い生き方だった。娘の安那も喜んでいた。自分もこれで憂《うれ》いなく相手を見つけて、独り立ちできるのだった。

山や河　草木は若返り
我が命は　暮れ行く
我が世を謳う若者よ
この白髪を笑う勿れ
風となり　雲となり
雨と雪になって　我は行かん

これは渡来人の歌だ。渡来人の弔い歌だ。命の短さを謳《うた》って、残りの人生を楽しもうとするのだ。すると秦伊奈富《はたいなとみ》の配下の者が来ているのだろうか。みな白衣を着ている。その輪のなかに秦伊奈富も来ているのであろう。

近くの太い松の木の根元で一組の男女の姿を見かけた。いなくなっているはずの磯部長年と依刀自《よりとじ》だった。磯部長年は努力のかいもなく工作は失敗して故郷に帰るという。依刀自はひとときの相手でしかなかった。それでも最後の逢瀬《おうせ》を楽しんでいるのだろう。

そこにいる美しい乙女よ
あなたが遊び好きの娘なら
もっと側にお寄り

と、若者らしい声の張りが聞こえた。聞きなれた梓邑の若者たちの声だ。この優嶓曇地方の三つの邑のなかでは最も力がある勢力だから、歌声も天を突く勢いだ。

遊ばなくとも歳はとるのだ
今度は一緒に付いてきた女どもの歌が始まった

そこにいる粋な兄さん
二人とも遊ぶのが好き
わたしの好きな兄さん

私は遊びが好き
歌が好きな男
もっと側にお寄りなさい

若者たちは出ておいで
隠れてないで踊りましょう

そうだよ出ておいで
早くみんなで踊ろうよ
トンコリを掻き鳴らし

うたっている女たちの輪に囲まれているのは大男の奴奇知《ぬかち》だった。奴奇知は強いだけでなく、弱いものには優しいと評判だったので、大勢の女たちにまとわりつかれていた。そのうち、奴奇知は一番情が濃そうな女と組になって踊った。奴奇知の身の動きはなかなか器用そうだったが、なにか照れくさいらしい。きょろきょろと落ち着かなかったが、遠くに児古売《こごめ》を見つけると奴奇知は顔をくしゃくしゃにして笑った。奴奇知と情が濃い女の二人は似合いらしい。

梓邑の若者たちを遠くで見やる人々のなかに姉もいた。遠くに出立前の久毛方《くもは》も一緒だった。二人は児古売を見つけると笑いかけてきた。

「ここに来ていたのか。共に楽しもうぞ」

と児古売に声をかけた久毛方は、もう目が酔っていた。児古売の春菜粥《はるながゆ》は食べよくできていたので久毛方と姉に勧めた。

「これは得がたい味だ。ここから見える景色とともに食べれば、うんと長生きができる心地がする」

と、久毛方は喜んだ。

「児古売もくよくよしていないで、楽しみなさい」

そういう姉の声も久しぶりに弾んでいるように聞こえた。

しかし児古売はそういう姉の声とは裏腹に、沈んでゆく気持ちをどうすることもできなかった。それで、寂しさをまぎらすように児古売もうたいだした。

短い領布《ひれ》に　花染め染めて
愛する人に　巻こうか
それとも私が　巻こうか

すると、

長い棹さし
恋草　取りて
愛する人に　飲まそか

それとも私が　飲もうか

と、まわりが続けた。児古売《ここめ》は少し愉快になって

恋草はここにあり
長い箸もて　かき回し
うんと濃い草　いざ
飲み干そう

とうたった。どっと笑いがおき、歌の垣根は幾重にも重なった。

春の粥には　恋草が入る
秋の粥には　実りの草が
冬の粥には　萎びた草が
この憂いは　何で晴らそう

その憂いは　酒で晴らそう
その憂いは　恋で晴らそう

歌が途切れると、トンコリが静かに奏でられた。寄せては返す波の音のように静かだった。やがて、にぎやかな輪のなかから一組ずつ抜け出していく。恋で晴らそうというのだ。児古売にもまた寂しさが募ってきたが、吹いてきた風の心地よさにしばし我を忘れた。そんな時、風に乗って、児古売の耳に届いてきた声があった。

高山に登り　四方を見渡せば
連れのある者は　組になり
連れのない者は　独りぼっち

確かに聞き覚えのある声だった。児古売は、
――もしかしたら

と、思った。

わたしも独りで辛かったけれど
どこからか　福がやってきた
娘よあなたのおかげです

その声は物部知波夜《ちはや》のものだった。児古売《こめ》は声も姿も知波夜と確認すると飛びついていった。

水はただ美しく流る
流れのかなたに
見知らぬ邑《むら》があり
あなたのような若者が住む

と児古売が返した。

わたしもこの高山に登り
あなたも高山に登った
二人で下を見下ろすと
あなたの邑は玉のように美しく輝き
わたしの邑はかすんでいる

と知波夜がうたった。

ああ切ないわたしの胸
ともにうたって仲良くなりましょう
恋をすれば心の憂いは消えてしまいます

二人は長い間うたっていた。
「北の部族に受け入れられた。しばらくそこで過ごす」

と知波夜《ちはや》が言った。

「それはよかった」

と児古売《ここめ》は、ほっと胸をなでおろした。

「ここからはかなり遠いが、共に来ないか」

「いえ、まだ知り合ったばかりでそんな決心はつかぬ」

「すまない。われらはもともと流浪の身だ。われらの行く処は戦が起こる。そなたはこの地で平和に暮らせばよい」

「……。北の地はどんな様子か」

「あれこそ荒美衣《えみし》の天地じゃ。ここからは〈遠つ倉御部〉だ。地はここよりもずっと広く、馬も放すことができる」

「ええ」

「ただ冬がどれほど寒いのか。雪の降りようはどうか。獲物はたくさんいるのか、だ」

「ええ」

「それに、美衣の人々がどれだけ自分たちの地を守ろうとするか」

ここで児古売は、知波夜にすまないと思った。この優嶠曇の地はすでに大伴氏を頼って倭と連合しているからだった。

「北の地では、そう容易《たやす》くは倭《やまと》に売り渡させん」

そういう知波夜は頼もしく思えた。

児古売は、知波夜に春菜粥を勧めた。知波夜は腹を空かしていたようで、すぐお代わりを所望した。

「飯《いい》を給え」

知波夜は児古売に甘えるように言った。二人は似合いの妹背《いもせ》のようだった。知波夜は粥を受け取ると、うまそうに勢いよく啜った。


夕暮れが近づき、歌に熱中する者たちは、ますます興奮した口ぶりで声を限りにうたった。月が出ると、あちらこちらに二人の組ができ、小さい声でうたったり、囁いたりした。月が明るかったので、男女の組は照れくさそうに隠れる木陰を見つけた。夜は静かになった。が、それでも遠くで時折聞こえる歌声に、とっくに相手を得た者たちは、その努力に敬意を表した。羽虫はまだ飛ばず、見知らぬ花の香りが微かに流れた。

知波夜《ちはや》と児古売《こごめ》の二人は月を眺めつくした。

「わたしに福が訪れるのか、どうか。よく分からない」

「うむ。きっと訪れる。この山に登っている人々には、いや、この地の人々にはすべて福が訪れると思う」

「福とは何なの。仙人になることなの」

「それはこの山のいのちと一つになることだ。その前に、人と人との重なり合いが大切だ」

「人と人」

「この地の人々の想いとそなたの想いが重なる」

「ええ」

「そこに福があると思う。それからもっと大切なことがある」

「それは何」

「それは、そなたの想いとわたしの想いが交わることだ」

「……ええ」

「いくら父や母に慈しまれているとは言え、子どもがそれを感じなくなったら困るだろう」

「ええ」

「子どもの想いと父や母の想いがどこかで重ならないと困る」

「そうだわ」

「それと同じで、我々若者は想いが通じる相手を見つけたいと、いつも思っている」

「ええ」

「だから……。わたしの想いを知ってほしい」

「ええ」

「あの明るい月はどこからでも見える。たとえ遠くに離れていても、わたしの想いとあなたの想いは交わることができる」

「はい」

「生きていくことは辛いことだ。しかし愉しみもある。想いを分かってくれる人もいる。ときどきそれを確かめよう」

「ええ」

　次の日の明け方に知波夜は児古売を起こした。あまり大勢に顔を見られるのは困るのだった。児古売は別れの寂しさがやってくるのを覚悟した。そして知波夜の一族が邑を去るときに残してくれた領布を取り出し、今まで大切に持っていた金色のさらさらとした粉を包んだ。そしてその粉が入った領布を知波夜《ちはや》に持たせた。

「これは近くの川で集めたものじゃ。これを持っていれば、きっと何かの役に立つはず。別れの印にしよう」

「ありがとう。これは見たこともない輝くばかりの不思議なものだ。昨夜月明かりでもかすかに見えた天上の金銀の河、そこから降ってきたその砂か。なるほどそなたの住む邑は川に沿う邑、天上の川は古えに「河海の霊なり」と言われている。この地の川も時折川床を移す。天上の川も川床を移す。そのときに降ってくる砂がこの砂か。この地の川にはこういうものが湧くのか」

「ええ」

「ならば、これより北でも湧くものだろう。この地はたいそう豊かだ。この地の人々は数百年は穏やかに過ごすだろう。彼の地もそうありたいものだ」

と知波夜は言い放ち、児古売《こごめ》に背を向けた。児古売も知波夜に倣《なら》って背を向けた。

「我らは一歩ずつ踏み出さねばならぬ。だんだん遠くに離れるが、それだけあなたを愛おしく思う」

二人は一歩ずつ前へ踏み出した。児古売は不思議に落ち着いていた。心が充実し一杯になった。何かこみ上げるものがあって、児古売は、反対の背中に向かって精一杯の声を出した。

「身体を大切に」

知波夜は振り向いて

「うむ。明くる年にまた逢おう。その時は肥えた牛でも引いて来ようか」

と明るく頷いてから、急いで山道を下りていった。

知波夜と別れた児古売が遠くを眺めると、朝靄《もや》がうすく漂っていた。手前にはうねった山塊が、ところどころに緑の深い谷が覗いている。鳥は群れて飛ぶ。その向こうにうっすらと大谷地の湖面が光る。優嶂曇の地の静かな夜明けだった。

（完了）

あとがき

初めて書いた長編小説が入選し、しかも出版の機会を得るという幸運に恵まれた。どう表現したらいいのか分からないが、ともかく選者に感謝するしかない。奔放に生きたい、という想いを今頃になって花開かせてしまった。自分のちっぽけな半生を振り返っても、さほど大したことはしていない。高校の教員としても随分いい加減で勝手だったと思える。しかし今回の受賞は救いである。いい加減で勝手だったとしても、少しは印象に残る授業や生徒への接し方ができたのではないかと、少々の自信が芽生えてきたからだ。今までの人生を肯定的に見ることができたことを告白したい。

私は少々自分を抑えて生きてきたようだ。大学の卒論は「井伏鱒二論」だった。団塊の世代でもあるから、私の仲間もみんな奔放に生きたと思うが、それに対して、私は控えめに生きるというのが個性の表現だった。とりあえず「降りた」と言って、競争から身を引いたように装い、時間を稼ぐ。私は競争するにはまだ幼かったのだろう。そうしてようやく競争できる地点に立てたかどうか。この定年間近な頃になってもう一勝負できるのが楽しい。勝負はまだついていなかったのだ。
紙数をたくさん与えられたので、もっといろいろ書いてみる。小説を書いていて驚くのは、読後感を寄せてくれる友人からの手紙だったり電話だったりする。その友人のことばは私の心の襞まで読み取ってくれているような気がするのだ。話や口ぶりでそれとなく分かる。本当はそのように、いつもこちらの意を汲み取ってもらえるように表現しなければならないのだが、そうすることはなかなか難しい。でも友人の読み取る力が的確で、「お前が友人でいることに誇りを覚えるよ」などと言われると、素直にうれしさがこみあげてくる。その友人とずっと逢っていなくても心がつながっているように感じてしまうのだ。小説を書くということは心の襞を描くことでもある。そして分かり合えることでもあると思う。

私が歴史、特に古代史に興味をもったのはそんなに昔の話ではない。郷里でも歴史といえば近世のことばかりで、それ以前のことは時代を遡れば遡るほど急速に情報の量が少なくなっていく。その分古い時代のことは謎めいていて、自由な空想の翼を羽ばたかせることができる。小説を書くつもりで歴史の本を読むと、何とか理解できる。せめて馬鹿にされないで済むように下調べをしたつもりであるが、どうだろうか。この小説の時代区分は厳密ではないし、蝦夷文化と大和の文化の違いも明確ではない。でもそういう不分明で曖昧な所は教科書的な枠組みからはみ出して面白みを持たせた結果である。ご容赦を。

古代史を描くもう一つの興味は「仏教伝来以前のわが国」の姿だ。仏教の素晴らしさはたくさんの人が書いているが、それ以前の姿はどうなっていたのだろうか。東北では仏教は蝦夷を調伏するために広められた。最初の寺院は対蝦夷の最前線の柵や城の側に造られたという。俘囚とならざるを得なかった蝦夷たちは信心深く仏教を受け入れた。苦が全てであるという教えは、彼らのその後の生き方に寄り添うものともなった。それはこれからのテーマとして描きたいが、それ以前の奔放で素朴な世界をまず描いてみたい、という思いが募っていった。敗者の歴史は常に抹殺され消されてきた。しかしすべてが消えた訳ではないと思う。そこに一筋の光を当ててよみがえらせてみたい。これが小説の世界なら実現可能となるはずだ。

秋になると、東北のそこかしこで列車が止まる。降り積もった落ち葉を列車が潰すので、油が浮き出るからだ。そんな風に積もる落ち葉のように東北の歴史は重層的に折り重なる。かさかさに乾いた落ち葉を一枚一枚丁寧に剥がすと、そこに古層が顔を覗かせることがある。幹線道路から少し外れると古道が葉に埋もれていて、その奥に墳墓や板碑がある。岩《いわ》座《くら》もある。そういうものに一つ出会う度に私の中の古代史が膨《ふく》らんでいく。

今回の受賞と出版にあたり、郁朋社の佐藤聡氏に大変お世話になった。感謝申し上げる。ついでに文芸クイルズの皆さん、同人誌杜の皆さん、山形ドキュメンタリー映画祭、東北文化友の会、うきたむ考古の会など私にいろんな刺激を与えていただいたイベントを主催された方々に感謝したい。

参考資料

文献

『日本のあけぼの⑤古墳の造られた時代』白石太一郎編、毎日新聞社
『前方後円墳国家』広瀬和雄著、角川書店
『山野河海の列島史』森浩一著　朝日新聞社
『積石塚と渡来人』桐原健著　東大出版会
『東アジアと東北』歴史教育者協議会東北ブロック編　教育史料出版会
『日本の中の朝鮮文化、十二、陸奥出羽』金達寿著　講談社
『歴史読本臨時増刊　渡来人は何をもたらしたか』新人物往来社
『出羽の遺跡を歩く』川崎利夫著　高志書院
『日本人はどこから来たか　古代人の暮らしをさぐる』江坂輝彌、渡辺誠監著　福武書店
『古代史復元⑥　古墳時代の王と民衆』都出比呂志編　講談社
『古代語の東北学』高橋富雄著　歴史春秋社
『アイヌ文化の基礎知識』アイヌ民族博物館編　草風館
『アイヌのイタクタクサ』萱野茂著　冬青社

『東北学への招待』京都造形大学編　角川書店
『古代農民忍羽を訪ねて』関和彦著、中央公論社
『卑弥呼の食卓』金関恕監修、大阪府立弥生文化博物館編集　吉川弘文館
『渡来の祭り　渡来の芸能』前田憲二著、岩波書店
『奄美の島　かけろまの民俗』鹿児島民俗学会編　第一法規
『古代の恋愛生活』古橋信孝著、日本放送協会
『万葉集の服飾文化』上、下、小川安朗著　六興出版
『よそおいの民族誌』国立歴史民俗博物館編　慶友社
『古代服飾の研究〜縄文から奈良時代』増田美子著、源流社
『大地と民、中国少数民族の生活と文化』海外文化振興協会
『奄美・沖縄　哭きうたの民族誌』酒井正子著　小学館
『古代音楽の世界』荻美津夫著、高志書院
『南島歌謡の研究』狩俣恵一著　みづき書房
『スリランカの悪魔祓い』上田紀行著　徳間書店
『奄美歌掛けのディアローグ　あそび・ウワサ・死』酒井正子著　第一書房
『秦氏とその民』加藤謙吉著　白水社

上島敏昭「800年を生きた比丘尼と渡来集団・秦一族の〝関係〟」『週刊タイムトラベル再現日本史　原始奈良②』講談社　所収
『神々と民衆運動』西垣晴次著　毎日新聞社
柳田国男「海上の道」『定本柳田国男集第一巻』筑摩書房　所収
柳田国男「龍王と水の神」『定本柳田国男集第二七巻』筑摩書房　所収
『ユートピア幻想』中西進著　大修館書房
『道教と日本人』下出積與著　講談社現代新書
『民俗民芸双書　雨の神』高谷重夫著　岩崎美術社
『日本の民話12加賀能登編』清瀬時男著　未来社
『青銅の神の足跡』谷川建一著　小学館
『白鳥伝説』谷川建一著　集英社
『歌垣の研究』渡邊昭五著　三弥井書店
『渡来人』森浩一・門脇禎二著　大巧社
『日本書紀の町たかはた』竹田哲太郎著　高畠町古代文化研究所
『七夕と相撲の古代史』平林章仁著　白水社
『古代会津の歴史』山口弥一郎著　講談社

「盟神探湯・湯起請・鉄火」山田仁史著『東アジアの古代文化１９９５秋・85号』所収
『古代歌謡と儀礼の研究』土橋寛著　岩波書店
『アイヌ絵を聴く』谷本一之著　北海道大学図書刊行会
『ものと人間の文化史・採集～ブナ林の恵み』赤羽正春著・法政大学出版局
『別冊歴史読本・古代豪族の研究』新人物往来社
『秦氏とその民』加藤謙吉著・白水社
『秦氏の研究』大和岩雄著・大和書房
『秦王国と後裔たち～日本列島秦氏族史』歴史調査研究所
『秦氏とカモ氏～平安京以前の京都』中村修也著・臨川書店
『渡来人』森浩一・門脇禎二著・大巧社
『日本の道教遺跡を歩く』福永光司・千田稔・高橋徹著・朝日新聞社
『橋と遊びの文化史』平林章仁著・白水社
『神、人を喰う～人身御供の民俗学』六車由美・新曜社
『歌垣と反閇の民族誌』星野紘著　創樹社
『歌垣と神話をさかのぼる』工藤隆著　新典社
『詩経』白川静著　中央公論社

『置賜の登拝習俗用具及び行屋調査報告書』米沢市教育委員会
『道教と古代日本』福永光司著　人文書院
『古代の道教と朝鮮文化』上田正昭著　人文書院
『道教の神々と祭り』野口鉄郎、田中文雄編　大修館書店
『お化けと森の宗教学』正木晃著　春秋社
『日本の食生活全集⑥聞き書き山形の食事』聞き書き山形の食事編集委員会　農山漁村文化協会
『新版民族楽器をつくる』関根秀樹著　創和出版
『天の川幻想』小泉八雲著　集英社
『米沢市史、原始、古代、中世』米沢市史編纂委員会　米沢市
『山辺町史、上』山辺町史編纂委員会　山辺町
『川西町史』川西町史編纂委員会　川西町
『南陽市史　上巻』南陽市史編纂委員会　南陽市
『図説置賜の歴史』小野栄監修　郷土出版社
『山形県史』山形県（編纂及び出版）
『上郷郷土史、上』上郷郷土史編纂委員会　上郷公民館
『白鷹町史』白鷹町史編纂委員会　白鷹町

『上山市史、上』上山市（編纂及び出版）
『高畠町史』高畠町史編纂委員会　高畠町
『喜多方市史、1』喜多方市（編纂及び出版）

ＶＴＲ
『音と映像による中国五十五少数民族民間伝統芸能体系・東北内モンゴル編2・エヴェンキ族・オロチョン族』よりオロチョン族のサマンの踊り　日本ビクター株式会社
ＮＨＫ特集『恋歌が流れる秘境・中国貴州苗族』
ＮＨＫ特集『天上の村に正月が来た・苗族』
ＥＴＶ8『メオ族は歌垣のふるさと』
牛山純一と仲間達『鵜飼のふるさと、雲南―白族の楽園』『不思議な嫁とり、雲南―アチャン族の楽園』『よみがえる歌垣、雲南―アシ族の楽園』『銅鼓のある村、広西―ヤオ族の楽園』

川《かわ》に沿《そ》う邑《むら》　―優《う》嶜《き》曇《たむ》風《ふ》土《ど》記《き》―

平成十九年七月九日　第一刷発行

著　者　清《せい》野《の》春《はる》樹《き》

発行者　佐藤聡

発行所　株式会社　郁《いく》朋《ほう》社《しゃ》
東京都千代田区三崎町二―二〇―四
郵便番号　一〇一―〇〇六一
電　話　〇三（三二三四）八九二三（代表）
ＦＡＸ　〇三（三二三四）三九四八
振　替　〇〇一六〇―五―一〇〇三二八

印　刷
製　本　日本ハイコム株式会社

装　丁　スズキデザイン

郁朋社ホームページアドレス　http://www.ikuhousha.com
この本に関するご意見・ご感想をメールでお寄せいただく際は、comment@ikuhousha.com までお願い致します。

ISBN978-4-87302-391-5 C0093